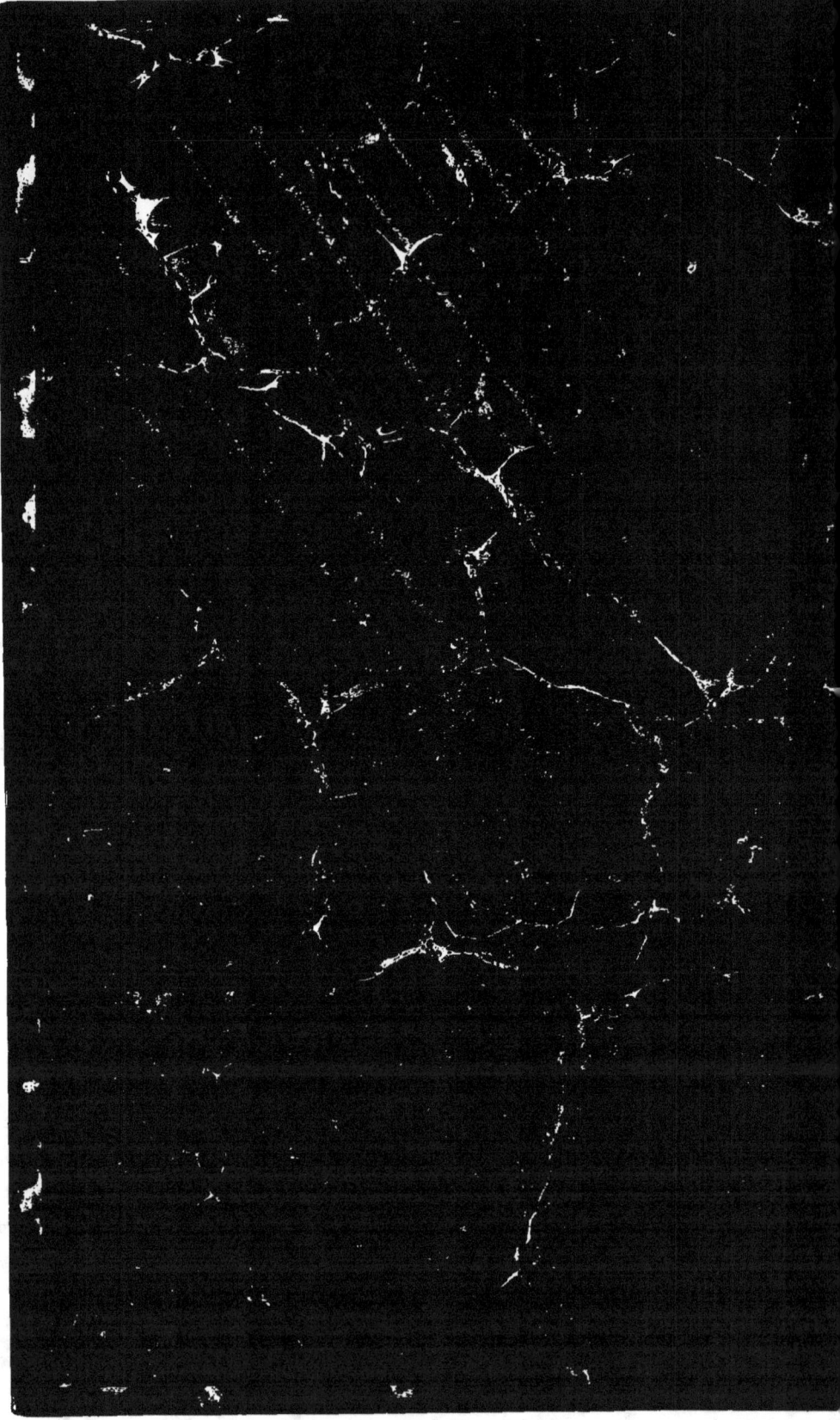

DISCOURS

D'ÆLIUS-ARISTIDE

POUR LE MAINTIEN DE LA LOI DE LEPTINE.

DISCOURS
D'ÆLIUS-ARISTIDE

POUR

LE MAINTIEN DE LA LOI DE LEPTINE

QUI SUPPRIMAIT LA DISPENSE DES CHARGES PUBLIQUES ONÉREUSES
A ATHÈNES,

Traduit pour la première fois en français,

ET SUIVI D'UN COMMENTAIRE
SUR LES PRINCIPALES DIFFICULTÉS ET LES VARIANTES DU TEXTE,

PAR **J.-F. STIÉVENART**,

PROFESSEUR DE LITTÉRATURE GRECQUE, ET DOYEN DE LA FACULTÉ DES LETTRES
DE DIJON, MEMBRE DE PLUSIEURS ACADÉMIES,
CHEVALIER DE L'ORDRE ROYAL DE LA LÉGION-D'HONNEUR.

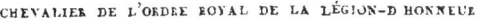

DIJON,
FRANTIN, IMPRIMEUR DE L'ACADÉMIE.

1847.

DISCOURS

D'ÆLIUS-ARISTIDE

POUR LA DÉFENSE DE LA LOI DE LEPTINE

QUI SUPPRIMAIT LA DISPENSE DES CHARGES PUBLIQUES ONÉREUSES
A ATHÈNES.

INTRODUCTION.

Depuis la mort de Périclès (Olymp. **LXXXVII**, 4 ;
429 ans av. J.-C.) la souveraineté populaire, un moment comprimée par la main de ce grand homme, avait
pris à Athènes un essor prodigieux. Passionné pour les
fêtes, dont l'appareil entraînait des dépenses énormes,
ce peuple-roi ignorait, comme tous les Etats grecs, l'art
d'asseoir régulièrement l'impôt. Souvent, la veille d'une
guerre ou d'un armement naval, le Trésor était vide :
l'imprévoyance, de folles distributions publiques, les trois
oboles jetées à une populace qui se faisait payer pour

juger, pour délibérer, pour s'amuser au spectacle, de capricieux changements dans les principales allocations, des déprédations effrontées, l'avaient épuisé. Alors, un reste de patriotisme, le désir de courtiser le peuple, de tous les souverains le plus exigeant, le besoin de consolider une partie de leur fortune en sacrifiant l'autre, poussaient les citoyens aisés à venir verser dans les caisses publiques des sommes considérables, ou à offrir des armes et des vaisseaux. Même pour des réjouissances populaires, plusieurs démocrates étaient fiers de se ruiner. Ainsi, parmi nous, un gentilhomme tenait jadis à honneur de s'endetter, dans une campagne, pour le service du Roi. A part ce libre mouvement, le riche eupatride, à Athènes, était le plus rudement imposé. Cette disproportion jalouse, assez semblable aux taxes somptuaires des Anglais, et à l'impôt progressif de nos utopistes, avait, comme jadis l'ostracisme, son principe dans la nécessité de maintenir l'égalité civile, et de courber toutes les têtes sous le niveau commun.

De toutes ces causes réunies naquit l'habitude de considérer le patrimoine du riche Athénien comme lui appartenant moins qu'au peuple, et de le laisser constamment à la merci des besoins, même des fantaisies populaires. Aussi Aristote disait-il que la pire condition à Athènes était celle des riches. Cet étrange abus, qui n'étonnait personne, préserva peut-être la classe élevée de cette longue menace d'une loi agraire, l'effroi du patriciat romain. Il prit peu à peu une apparence de régularité : on classa, on soumit à certaines règles administratives les *liturgies*, ou charges publiques gratuites, dont les plus onéreuses sans utilité, blâmées par le Stagirite, sont admirées par Montesquieu ; on désigna, pour les remplir, les trois cents plus riches ci-

toyens, choisis sur un nombre quadruple, présenté par
les dix tribus. Puisqu'elles reviennent souvent dans le
discours qu'on va lire, exposons d'abord les différentes
espèces de ces prestations : car elles ressemblent peu
aux ambitieuses dépenses de quelques magistratures ro-
maines; et elles n'ont pas plus de rapport avec les réquisitions, les emprunts forcés, qui, dans les grandes
crises, ont eu lieu chez des peuples modernes, que les
immunités grecques, dont il sera parlé plus bas, n'en
ont avec nos anciennes franchises de l'impôt.

La plupart des liturgies étaient ordinaires et périodiques. Un éditeur de Démosthène, Reiske, donne aux
autres la dénomination de charges *commandées,* parce
qu'elles s'exerçaient dans certaines circonstances seulement, et en vertu d'un décret spécial.

Les charges périodiques étaient :

La chorégie, qui avait pour objet les frais d'instruc-
tion, de nourriture, de logement, de costume, des divers chœurs de danse, de chant, et des joueurs de
flûte, que l'on formait pour la célébration de certaines
fêtes, et pour les concours si animés des poètes dramatiques : charge de la plus haute importance, aux yeux
de ces Grecs assez amoureux de jeux publics pour dater
leur ère de la victoire d'un lutteur, et qui y rattachaient
ce que les hommes ont de plus précieux, la religion et
la patrie. La personne du chorége en fonctions était
sacrée. Le nom de celui qui triomphait de ses rivaux
était gravé sur un trépied offert aux Dieux, à côté de
celui de la tribu qu'il avait fait triompher. Il est vrai
qu'il payait cher cet honneur. Lysias nous en donne le
tarif. Cet orateur fait dire à l'un de ses clients, qui avait
dépassé les prescriptions de la loi, mais par l'effet d'une
émulation assez commune : « Nommé chorége pour les

tragédies, je dépensai dans cette charge trente mines.
Trois mois après, aux Thargélies, vainqueur avec un
chœur d'hommes faits, il m'en coûta deux mille
drachmes; plus, huit cents, sous l'archonte Glaucippe,
aux grandes Panathénées, pour une danse guerrière.
Même année, aux fêtes de Bacchus, nouvelle victoire,
à la tête de choristes de l'âge viril : les frais, avec la
consécration du trépied, s'élevèrent à cinq mille
drachmes. Ajoutez-en trois cents, sous l'archonte Dioclès, pour les rondes en chœur de la petite fête de Minerve. Plus tard, l'entretien d'un chœur d'enfants me
coûta plus de quinze mines. Chorége de comédies, avec
Céphisodote pour coryphée, je vainquis encore, l'année
de l'archontat d'Euclide, et dépensai seize mines, y
compris les ornements consacrés. Enfin, je fis exécuter,
pour sept mines, aux petites Panathénées, la danse militaire des adolescents. » Total, 14,292 francs. Et le
possesseur d'une trentaine de mille francs passait alors
pour riche! Mais l'étonnement diminue quand on réflé-
chit que la partie de la fortune du *liturge* non absorbée
par les charges, rapportait d'ordinaire douze pour
cent.

La gymnasiarchie. Cette charge était de trois sortes.
Des gymnasiarques surveillaient les écoles, et les exercices
auxquels se livrait la jeunesse sous la conduite des maîtres. D'autres présidaient aux jeux sacrés; d'autres enfin, sous le nom de *lampadarques*, fournissaient le ma-
tériel nécessaire pour les courses du flambeau, exécu-
tées en l'honneur des divinités du feu. Cette dernière
dépense s'était élevée, en une seule fois, à douze mines
(1,150 fr.) pour l'Athénien que nous venons de faire
parler.

L'hestiasis. Outre les grands repas publics, qui étaient

aux frais de l'Etat, il y avait, dans de rares occasions, les repas de fêtes des tribus, à la fois acte religieux et moyen d'entretenir la concorde. Ces derniers étaient défrayés par un citoyen choisi parmi les plus riches de chaque tribu, et qui prenait le nom d'*hestiateur* (*celui qui traite, qui régale*). Ce soin est celui dont l'opulence se chargeait le plus volontiers, le regardant comme une source inépuisable de crédit. Bœckh estime qu'en comptant deux mille convives à deux oboles par tête, un pareil repas, où, par une tradition prudente, régnait la frugalité des anciens jours, pouvait coûter près de sept cents drachmes (672 fr.). C'est à peine la moitié des frais d'un de nos dîners diplomatiques.

L'archithéorie. Elle embrassait les dépenses faites par les chefs des *théories*, ambassades sacrées que la République envoyait aux quatre principaux jeux de la Grèce, à Délos et à Eleusis. Ces frais, joints à plusieurs autres de ce genre, excèdent trente mines (2,875 fr.) dans le *Mémoire* que nous avons déjà cité. Aidés quelquefois des deniers publics, les *théores* étalaient une magnificence conforme à la dignité de leur patrie. Lorsque Nicias conduisit une députation religieuse à Délos, entre autres merveilles, il fit son entrée dans cette île à la tête de la pompe sacrée chantant des hymnes et suivie d'une hécatombe, sur un pont construit à Athènes, long de quatre stades (720 mètres), splendidement décoré, jeté en une nuit, et dont l'autre bout s'appuyait sur le rivage de Rhénéa. L'ambassadeur d'une grande puissance serait-il aujourd'hui plus jaloux de représenter noblement son souverain?

La direction de quelques autres solennités était confiée à des administrateurs non rétribués, et appartenant aux premières familles. Tels étaient les intendants des

sacrifices, des Mystères, des fêtes de Bacchus, des cérémonies appelées *Arrhéphories*; les *dadouques*, ou
porte-flambeaux, etc.

On range parmi les charges commandées :

La triérarchie. C'était l'obligation de contribuer à
l'armement, et parfois à la construction des trirèmes,
ou vaisseaux de guerre. Cette liturgie, la plus onéreuse
de toutes, subit quatre modifications successives, depuis la constitution régulière de la République jusqu'à
la loi que fit adopter Démosthène, intendant de la marine (Olymp. CX, 2; 339 ans av. J.-C.). Le Trésor
venait parfois au secours des armateurs, appelés *trié-
rarques.* L'équipement des galères destinées aux nau-
machies, ou joutes navales, formait une charge maritime
spéciale. Écoutons encore le client de Lysias : « Sept années de triérarchie m'ont coûté six talents (34,500 fr.);
et la victoire de ma trirème aux joutes de Sunium,
quinze mines (1,437 fr.). »

L'avance de l'impôt. Athènes manquait-elle d'argent
pour les préparatifs d'une guerre? on levait une capi-
tation extraordinaire sur les biens-fonds; mais cette
taxe était un impôt accidentel, obligatoire pour tout
propriétaire d'immeubles, et non pas une liturgie.
Lysias fait dire à son client qu'il a payé en deux fois,
à ce titre, trente mines et quatre mille drachmes
(6,715 fr.). Vu l'urgence, une section des plus riches
citoyens avançait cet impôt pour les propriétaires pauvres et retardataires, qui, jusqu'à l'acquittement de
la dette, leur étaient totalement soumis. Ainsi, par la
force des choses, la *ploutocratie*, de toutes les aristo-
craties la moins noble, s'était glissée dans la constitution athénienne. C'est cette avance qui procurait la
considération attachée aux magistratures onéreuses. Le

Conseil des Cinq-Cents désignait quelquefois ceux qui devaient la fournir.

A l'exception de cette dernière, les charges que nous venons de parcourir tenaient toutes de la prestation personnelle : le chorége, par exemple, montait sur le théâtre, comme le triérarque sur son vaisseau.

Le riche Athénien satisfaisait encore, volontairement ou au nom de la loi, à d'autres réquisitions civiles et religieuses, moins importantes. Les *métèques*, ou étrangers domiciliés, et les *isosèles*, ou étrangers jouissant en partie des droits civils, furent astreints à quelques-unes de ces mêmes fonctions. Plusieurs servitudes humiliantes étaient, en outre, imposées aux premiers.

L'obligation aux liturgies, en général, avait lieu de deux années l'une, et supposait une fortune d'au moins trois talents (un peu plus de 17,000 fr.). Pour les plus lourdes, la loi avait autorisé des associations d'imposés; et nul ne pouvait être contraint de remplir deux charges à la fois.

Après les plus brillantes récompenses qu'Athènes décernait à ceux qui l'avaient bien servie, venait la dispense des charges. Cette République rémunérait le dévouement par des exemptions, comme, dans la Rome impériale, l'Etat salariait les hautes fonctions en immunités. Mais un tel privilége ne s'étendait jamais aux armements maritimes, ni à l'avance de l'impôt, parce que la sûreté publique aurait été compromise. Il n'y avait d'exception qu'en faveur des neuf Archontes. Les immunités établies pouvaient être accordées à des étrangers, aussi bien qu'à des citoyens. Plusieurs métèques obtinrent même des exemptions spéciales, qui rentrent dans le sujet de ce discours, comme celle de **leur taxe**

personnelle (douze drachmes, ou 11 fr. 50 c. par an),
et du droit de douane, qui était d'un cinquantième.

L'immunité, en général, était moins un prix d'une
utilité matérielle, qu'une juste et honorable compensation en faveur de celui pour qui, dans le principe, elle
était instituée. Le citoyen qui s'était ruiné pour le
salut, même pour les plaisirs de la patrie, trouvait
dans la récompense obtenue une glorieuse indemnité.
Le négociant dont les vaisseaux avaient apporté à grands
frais la plus grande quantité de blé, recevait certaines
exemptions à titre de prime nationale. Le général qui
avait frappé des taxes sur les villes soumises par ses
armes, et enrichi le Trésor, acquérait le droit de sous-
traire son patrimoine à un impôt multiple, capable de
l'engloutir.

Mais, dès le siècle de Périclès, le peuple, fasciné par
la magnificence de son chef, répandit avec profusion les
récompenses, dont jusque-là il s'était montré avare. Les
dispenses de toutes sortes, peu connues dans les autres
républiques de la Grèce, se multiplièrent au sein de la
démocratie athénienne. Par l'hérédité (principe juste
alors seulement que le père avait consumé son bien dans
les services publics), elles passaient souvent à des particuliers opulents qui ne les méritaient pas; et les
charges tombaient de tout leur poids sur les fortunes
médiocres.

Frappé de cette anomalie, Leptine, citoyen puissant
et estimé, proposa, sous l'archontat d'Elpinès (Olymp.
CVI, 1; 356 ans av. J.-C.) une loi conçue à peu près
ainsi :

« Attendu que les plus riches doivent s'acquitter des
liturgies :

» Nul citoyen, nul étranger de l'une et de l'autre

classe, n'en est dispensé, à l'exception des descendants d'Harmodius et d'Aristogiton.

» A l'avenir, le peuple Athénien, même sollicité, ne pourra plus accorder d'exemptions.

» Les biens du solliciteur seront confisqués ; il sera dégradé civilement, traîné devant les tribunaux ; et, s'il est convaincu, on lui appliquera la loi portée contre les magistrats débiteurs du Trésor. »

Nous ne suivrons pas dans ses vicissitudes diverses cette loi, que Démosthène, jeune encore, parvint à faire rejeter.

La question d'économie politique, débattue dans le procès remarquable que cet orateur poursuivit contre Leptine, devait sans doute paraître susceptible de solutions opposées ; et, dans notre invincible ignorance de toutes les circonstances qui ont concouru au résultat, ce résultat même, obtenu sous l'empire de l'égalité la plus hostile aux priviléges, a de quoi nous étonner. Ceci peut, du moins, expliquer pourquoi le sujet du discours de Démosthène fut souvent remanié dans les écoles des rhéteurs. Mais, pour trouver la contre-partie fictive de ce célèbre plaidoyer, il faut descendre au-dessous du grand orateur l'espace de cinq siècles. L'adversaire posthume qui surgit alors, et dont l'œuvre a été récemment exhumée, fut Ælius-Aristide. Faisons-le connaître au lecteur.

La ville de Smyrne, rebâtie en passant par Alexandre, venait d'être, pour la troisième fois, renversée par un de ces tremblements de terre qui l'ont si horriblement secouée de nos jours. Assis sur une de ces ruines fumantes, au milieu de quelques habitants échappés au désastre et consternés de leurs pertes, un malade, un étranger aux nobles traits, paré, malgré ses souf-

frances et ses soixante ans, de l'élégante robe de pourpre
à franges d'or des sophistes, les harangue et les con-
sole : « A la première nouvelle de votre infortune, leur
dit-il, je suis revenu près de vous. Je connais César, il
est généreux : ne pouvant, vous le voyez, m'aller jeter
à ses pieds, je lui écrirai; il saura vos douleurs. » Le
lendemain, dans une lettre que le temps a respectée,
l'étranger trace le pathétique tableau de la catastrophe
qui a englouti la plus riche cité de l'Ionie. A cette lecture, les yeux de Marc-Aurèle se mouillent de larmes;
et bientôt, grâce à la munificence impériale, Smyrne
se relève plus brillante et plus belle.

Ce beau succès, dont l'humanité du prince philosophe revendique une part, fut l'œuvre d'Ælius-
Aristide.

Ce sophiste ou littérateur célèbre, surnommé aussi
Publius Théodore, était né l'an 117 de notre ère, dans
la petite ville d'Adrianes, en Mysie. A cette époque de
décadence, les ingénieux artisans du langage, les sub-
tils maîtres de la philosophie grecque, pullulaient sur
tous les points du monde romain. Le père d'Aristide,
Eudémon, avait été lui-même philosophe et prêtre de
Jupiter, deux titres qui ne s'excluaient pas plus alors
que ceux d'esprit fort et d'abbé dans maint salon de
Paris au dix-huitième siècle, ni que, de nos jours, ceux
de déiste et de prélat anglican. Pour l'avidité précoce
de ce jeune Grec d'Asie, c'était peu de s'exercer à l'é-
loquence dans son bourg natal : il se mit en quête de
l'art de la parole, comme alors on cherchait la philosophie, comme on la cherche encore, dans les pays étrangers : il étudia dans les écoles les plus renommées, sous
Polémon à Smyrne, à Pergame sous Aristoclès. Un ancien général des armées de l'empereur, devenu gouver-

neur d'Athènes, l'Ephésien Lollianus y professait lui-même l'éloquence, malgré ses cheveux blancs et son épée : Ælius accourut pour l'entendre. Il alla aussi saluer le vieil Hérode-Atticus : cet oracle de la sophistique, enrichi par les hauts emplois qu'il avait exercés, s'était retiré près de la ville de Périclès; là, dans ses magnifiques jardins, arrosés par le Céphise, et ornés des chefs-d'œuvre de la sculpture, il vivait en grand seigneur, comme Voltaire à Ferney. Puis Aristide visita l'Asie, la Grèce, Rome, l'Egypte, fortifiant un peu, par ses courses, son tempérament délicat, partout déclamant, refaisant, par un vaniteux caprice, l'œuvre de Démosthène ou d'Isocrate, comme Crassus, par un exercice dangereux pour la raison et le goût, s'était amusé à répéter, en d'autres termes, les harangues de Gracchus. Devant une foule oisive et amoureuse de la molle rhétorique de l'Orient, Aristide montait sur un théâtre : ses doigts étincelaient de pierreries, ses joues étaient chargées de fard, et l'odeur des parfums s'exhalait de sa chevelure, couronnée de rubis et de lauriers. Drapé dans son riche manteau, il donnait une déclamation comme on donne un concert : car alors la parole du sophiste n'était guère qu'un chant étudié, fait pour caresser doucement l'oreille et chercher des applaudissements. Dans cet attirail, Aristide prononçait tantôt l'éloge mythologique et historique d'une ville, l'oraison funèbre, bien payée, d'un riche habitant infailliblement doué de mille vertus, l'inépuisable panégyrique de l'empereur, le discours de consécration d'un temple; tantôt des harangues politiques, escrime banale et surannée, où le sophiste portait et parait les coups tour à tour, et relative à de graves et solennels débats que le temps avait emportés avec l'orageuse et féconde liberté

de la Grèce. C'était peu d'imiter de loin les grands orateurs du grand siècle : Aristide se faisait leur contem-
porain, parlait devant un peuple qui ne faisait plus de
lois, devant un tribunal qui ne rendait plus d'arrêts, et
antidatait de cinq cents ans ses jeux oratoires. Cette
manie de s'ouvrir à toute force une arène de la parole
à jamais fermée, ce don-quichottisme de l'éloquence, se
rencontrent dans les âges de renaissance comme aux
époques d'épuisement. Au seizième siècle, Paléarius se
posait sérieusement en antagoniste de Cicéron ; et, dans
un langage inspiré par Cicéron lui-même, il s'évertuait
à poursuivre Muréna, client de l'orateur romain. Une
telle fiction, chez Aristide, avait-elle pour but de char-
mer, jusqu'à l'illusion, des esprits éclairés? Ou bien, n'é-
tait-ce qu'une prosopopée plus étendue, plus travaillée,
du genre de celles par lesquelles nos jeunes rhétoriciens
font parler, aujourd'hui encore, les grands personnages
de Rome ou de l'ancienne France? Quoi qu'il en soit,
rien de plus malaisé, dit un spirituel écrivain, que cet
effort pour se transporter dans le passé, pour en prendre le costume et le langage. On imite, on emprunte
quelques formes de style, quelques locutions surannées;
mais le caractère des idées vous trahit toujours. Ce qui
restait de vrais connaisseurs parmi les Grecs jugeait
probablement ainsi ces compositions artificielles. Lucillus, dans une épigramme, se moque avec grâce d'un
de ces faiseurs de pastiche appelé Criton, qui, sous
Néron, dressait gravement ses nombreux élèves aux locutions favorites des orateurs des âges de liberté, et aux
formes attiques qu'affectionnaient les Hypéride et les
Lysias.

Après avoir laissé en tous lieux des admirateurs de
son talent et de ses brillantes qualités, notre voyageur

disert fixa son séjour à Smyrne, dont il put se croire bientôt le troisième fondateur, et dont le site magnifique et le beau ciel, célébrés par sa prose harmonieuse, l'avaient séduit. Un autre attrait l'y retenait peut-être : cette importante place de commerce n'avait pas perdu le goût des lettres; elle se souvenait des accents d'Homère, dont elle aussi montrait avec orgueil le berceau. Rentré au port, le négociant de Smyrne allait se délasser de ses fatigues en écoutant des poésies légères ou de brillantes dissertations, à peu près comme aujourd'hui le marin anglais, revenu des extrémités du globe, accourt aux scènes de Shakspeare. Jusqu'à sa mort, arrivée à l'âge de soixante-dix ans, Ælius desservit un temple d'Esculape, divinité qui lui dicta d'étranges rêveries, pressentiment confus du magnétisme animal; d'ailleurs, à titre de malade, il avait, pour le dieu de la médecine, une dévotion très-fervente. Près de ce temple, témoin de ses dernières années, les Smyrnéens reconnaissants lui élevèrent une statue de bronze, au bas de laquelle on lisait ces simples mots, témoignage d'une adoption illustre : *Aristide de Smyrne.* Plusieurs villes imitèrent cet exemple. Aristide, enrichi par son art, avait été aussi comblé de distinctions par les Grecs asiatiques, et favorisé par le souverain de ces mêmes exemptions qu'il repoussait en théorie.

Le trait suivant, emprunté à Philostrate son biographe, peint à la fois son caractère, la nature de son talent, les coteries littéraires et les habitudes déclamatoires de ses contemporains.

« Quand aurai-je le plaisir de t'entendre? lui dit Marc-Aurèle pendant son séjour en Asie. — Prince, donne-moi aujourd'hui un sujet, je le traiterai demain. Je ne suis point de ces lestes parleurs qui dégorgent à

l'instant, par excès de plénitude : la méditation m'est nécessaire. » Le sujet proposé, Aristide reprit : « César daignera-t-il admettre mes amis à entendre mon discours? — Sans doute : vos séances ne sont-elles pas publiques? — J'aurais encore une autre faveur à implorer. — Laquelle? » Le sophiste hésite; mais le souverain l'encourage avec bonté : ce vœu qu'Ælius n'ose exprimer, semble lui tenir si fort au cœur! « Faut-il appeler à ma cour quelqu'un des tiens? Désires-tu, pour ta patrie adoptive, quelque nouveau privilége? — Rien de tout cela, répond enfin le sophiste, et je rends grâce à tes offres généreuses. Permets seulement, ô magnanime empereur! que demain, quand je parlerai en présence de ta personne sacrée, mes amis poussent le cri d'admiration, et applaudissent de toutes leurs forces. — Oh! cela dépendra de l'orateur, » répondit Marc-Aurèle avec un sourire.

Cinquante-cinq déclamations, ou exercices oratoires nous restent de ce demi-improvisateur, à qui Philostrate reproche plaisamment *de mâcher, au lieu d'avaler*. On peut les diviser en trois classes : *Discours religieux,* ou éloges de quelques-unes de ces divinités qu'attaquaient à la fois le christianisme naissant et la vieille philosophie; *Harangues politiques; Dissertations* morales, philologiques, et un *Traité du style,* en deux livres, supplément non inutile aux Rhétoriques d'Aristote et d'Hermogène.

Tel était devenu le sophiste grec aux âges de décadence : le plus illustre d'entre eux nous apprend à les connaître tous. Mais déjà, dans un coin de l'Orient, une parole nouvelle, une parole de vie avait retenti; et bientôt l'éloquence régénérée allait changer de face comme le monde.

Nous détachons de ce Recueil la défense simulée de la loi de Leptine. Le lecteur pourra la mettre en face de l'attaque réelle de Démosthène contre cette même loi. Ce serait rapprocher le plus grand orateur de la Grèce de son plus habile sophiste : étude doublement curieuse, bien que, pour l'homme de goût, elle n'ait pas le même attrait dans toutes ses parties. Quelques contemporains d'Aristide, et Aristide lui-même l'élevaient cependant au-dessus de Démosthène. La lecture de sa thèse factice, où parfois brille un heureux talent dans un style laborieusement compassé, pourra nous apprendre à mieux apprécier Démosthène lui-même. Nous saurons aussi sous quels aspects divers les Grecs envisageaient l'importante question des immunités nationales.

Huit publications différentes m'ont principalement aidé à éclaircir, corriger et traduire l'obscur et inégal discours d'Aristide :

1. L'estimable édition de G. H. Grauert, professeur à Bonn, puis à Munster (Ælii Aristidis Declamationes Leptineæ; Bonnæ, 1827). Le texte en a été constamment sous mes yeux ; le commentaire se compose des éclaircissements de l'éditeur, joints à ceux des doctes bibliothécaires Morelli et Angelo Mai.

2. L'édition *princeps* du discours contraire, du même auteur, donnée par Morelli, Venise, 1785.

3. Les deux *Leptiniennes* du Sophiste, placées par Bremi, en 1831, à la suite de celle de Démosthène.

4. La seconde édition de Rome, comprise dans le tome IV, p. 448-521, de la collection *Classicorum Auctorum e Vaticanis Codicibus editorum*, 1831, et à laquelle A. Mai a joint une version latine moins fidèle qu'élégante.

5. Les OEuvres complètes d'Ælius-Aristide, publiées par G. Dindorf à Leipzig, en 1829.

6, 7, 8. Trois dissertations : l'une de Geel, dans la *Bibliotheca critica nova*, t. IV, p. 78-102 ; 1828 ; la seconde, d'Ed. Foss, *Commentatio critica qua probatur declamationes duas Leptineas a Morellio et Maio repertas non esse ab Aristide scriptas.* Altenburgi, 1841 ; la dernière, d'un professeur distingué de notre Université, M. A.-C. Dareste, *Quam utilitatem conferat ad historiam sui temporis illustrandam Rhetor Aristides:* Paris, 1843.

La traduction littérale d'une page d'Aristide serait à peine supportable en français : si donc j'évite parfois de serrer son texte de trop près, j'espère trouver une excuse auprès des lecteurs qui, aujourd'hui encore, font cas de la clarté unie au bon goût.

DISCOURS.

Je me serais attendu à tout, ô Athéniens! plutôt qu'à voir Démosthène tomber dans cet égarement peu honorable qui le pousse à venir plaider la cause de l'immunité, élever à nos yeux ce privilége, affirmer qu'il n'apporte pas moins de gloire au Peuple qui l'accorde qu'aux citoyens qui le reçoivent. Quiconque voudra encore entrer dans cette lice, devra, dès le premier pas, déployer toutes ses forces pour résister à cet orateur, non-seulement parce que, comme le prouvera la suite de mon discours, la dispense des charges publiques est tout-à-fait nuisible à la patrie, et bien opposée à tout ce qu'il veut et demande aux Dieux pour elle, ce Démosthène qui, d'après sa constante politique, se dit persuadé qu'ici son opinion n'est approuvée de personne, et même montre cette conviction dans ses actes; mais encore parce que, si cet abus envahissait tout, il en résulterait un immense dommage. En soutenant une telle cause avec plus d'ardeur qu'il n'en mit jamais à ses paroles, à ses conseils, Démosthène pose cette alternative: ou il s'est trompé jusqu'ici, ou le décret qu'il vous a proposé est mauvais. Si sa proposition est bonne, ses paroles, dans le passé, n'étaient que folie. Mais, si les discours s'accréditent par les actions, si personne, ô Démosthène! ne t'accuse de contradiction entre celles-ci et ceux-là, évidemment tu t'escrimes ici contre toute raison; et, même avant qu'on ne te réfute, tu as prononcé contre toi-même.

Athéniens! je ne croyais pas cet homme assez mauvais citoyen pour nuire à la République dans le but d'acquérir des droits à la reconnaissance de quelques-uns de vous, mettre à plus haut prix leurs intérêts que les droits d'Athènes, se figurer qu'afin de défendre des privilégiés, il fallût attaquer

2

la patrie. J'espérais, au contraire, que, fidèle à lui-même, il
tournerait toujours sa pensée et son activité vers le bien général.
Pour la République nous négligeons parfois nos intérêts personnels les plus évidents; que dis-je? nous les lui sacrifions toujours : comment donc, sans une éclatante folie, rendre à autrui
des services qui la blessent? Que Démosthène est loin aujourd'hui de ce désintéressement ! Cet excellent démocrate, cet ardent zélateur du parti populaire, le voilà qui, désertant son
poste et abjurant sa politique, plaide la cause, non de la cité,
mais du fils de Chabrias, ou, si vous voulez, sa propre cause,
car il a épousé la mère de ce jeune homme, veuve du général ;
peu s'en faut même qu'il ne s'écrie : Que m'importe la République? bagatelle que tout cela, au prix de ma famille! En effet,
une loi qui, supprimant les immunités pour le présent et pour
l'avenir, devrait être aussi ancienne que cette cité ; une excellente
loi portée enfin par Leptine, aux acclamations de tous les sages
empressés à féliciter le prévoyant législateur, et à saluer une
mesure d'une utilité si générale, seul, cet homme, triste, vous le
voyez, du bonheur de tous, au lieu d'y applaudir avec nous,
de l'admirer, de travailler à la perpétuer, fait tout pour la détruire. Et qu'on ne dise pas qu'il se trompe sur nos intérêts : car
qui a, en politique, un coup-d'œil plus pénétrant? Ce qu'il veut,
c'est de rendre à Ctésippe les dispenses paternelles ; ce qu'il
ignore, c'est que son propre bonheur est invinciblement lié au
bonheur public, et qu'en poursuivant les avantages actuels de
Ctésippe au prix de ceux d'Athènes, il éprouvera bientôt lui-même le sort commun.

D'ailleurs, si la loi, ô Démosthène ! te semblait vicieuse,
manquant tout-à-fait son but, futile et déraisonnable, tu devais
le premier, te lever du milieu du Peuple, attaquer Leptine, l'accuser, le poursuivre au nom des lois violées, et non aposter dans
les ténèbres ceux-ci ou ceux-là, pour essayer de le confondre par
leur organe, ni te borner à seconder ces accusateurs : car c'est toi
surtout que cette affaire intéresse. Mais, en t'imposant d'abord
silence à toi-même, en croyant que tu dois aujourd'hui te joindre
à ces gens-ci pour calomnier Leptine, tu constates et l'excellence

de la loi, et l'impuissance de tes attaques. Pour ne point paraître uniquement occupé de la cause de Ctésippe, et peu soucieux des intérêts d'Athènes, pour ne pas échouer ainsi contre l'objet de tes désirs, et attirer sur ton client, en irritant le Peuple, une disgrace contraire à tes intentions, tu as, dans ta crainte, trouvé le moyen le plus adroit de repousser les soupçons, tout en prêtant ton aide au fils de Chabrias : les immunités, as-tu dit d'abord, sont éminemment utiles à la République; puis, après avoir ainsi dérouté l'auditeur, tu as parlé de ton client.

Toutefois, lorsque, dépourvu de la mâle assurance des hommes libres, tu t'avances timidement, comme un fourbe qui veut cacher tous ses pas, tu as l'air de retenir, de réprouver tout le premier tes propres paroles, et, par cela même, de farder ton éloquence, de la promener par de perfides détours. Mais, entre l'accusateur et le sycophante, nous voyons tous une grande différence : celui-ci forge des calomnies, celui-là s'attaque aux délits réels, ou, du moins, apparents; à l'un, même au prix de la justice, nous accordons notre indulgence, parce qu'il n'invente rien, et se sert de preuves admises; mais la méchanceté de l'autre est hideuse. De quel côté veux-tu que nous te rangions? avec l'orateur modéré, excusable? ou avec le vil, le criminel, le détestable délateur? Avec tous deux peut-être? telle est, du moins, la place où je te vois, et en voici la raison. Une loi admirable surtout par son utilité dans cet Etat populaire, tu veux l'effacer comme méprisable, tu la flétris, tu la poursuis à outrance, ne lui épargnant aucune épithète injurieuse : n'est-ce pas là jouer le double rôle de l'accusation et de la calomnie?

Après ce que je viens de dire, ô Athéniens! j'aurais honte de démontrer, par de longs efforts, que les premières paroles de Démosthène décèlent le sycophante. Là, en effet, l'imposteur se manifeste, et publie hautement qu'il a le secret de toutes les fourberies. Une pensée que Leptine n'avait point, que, du moins, à mon sens, il n'eût jamais exprimée, comme peu compatible avec ses intentions, cet homme, ô Athéniens! l'accuse de l'avoir exposée au grand jour. C'est l'athlète qui, dans sa lutte contre un adversaire inébranlable, invincible, recourrait au poison, à défaut de son bras. Ainsi, dans l'impuissance de montrer autrement le crime de la loi, tu façonnes les accusations les plus creuses, prodiguant les interprétations envenimées, parfois même cousant par lambeaux des griefs de ton invention. Tu fais donc flotter notre esprit entre deux conjectures : ou tu n'as nullement parcouru le texte de cette loi; ou, si tu me permets ce langage, après l'avoir parcouru avec admiration, en proie au tourment des envieux, tu es devenu presque fou de dépit : un projet qui, depuis longtemps, semblait t'appartenir, Leptine venait de le prendre dans tes mains, et de l'exécuter! Dès-lors, impossible à toi de parler de la loi avec droiture. Voyant, en effet, que la multitude des dispenses rendait plus rares les charges publiques, et diminuait la prospérité d'Athènes, Leptine avait écrit sa loi pour prévenir leur interruption totale. Or, en taisant ce motif à dessein, en affirmant que cette mesure n'a été prise qu'à raison de quelques gens obscurs, pourvus par hasard de l'exemption, Démosthène ne prouve-t-il pas ce que j'avance? n'est-il pas convaincu d'imposture, et d'un charlatanisme propre à duper des enfants?

La preuve de ce mensonge éclate et dans mes paroles, et dans celles que, selon lui, Leptine a, non pas dites, mais l'intention probable de dire. « Nul doute, ô Athéniens! s'est-il écrié, que ni Leptine, ni tout autre défenseur de sa loi, ne dira rien pour en montrer l'équité : il objectera que des hommes de rien, nantis de la dispense, ont secoué le fardeau des charges publiques; et c'est sur ce point qu'il insistera le plus. » Vous le voyez, citoyens! Démosthène garantit que Leptine tiendra ce langage, que ce langage sera presque toute sa défense. Or, est-ce sans intention qu'il a parlé *d'hommes de rien?* non, c'est avec la plus insidieuse arrière-pensée : les gens obscurs une fois déchus de l'immunité, Ctésippe en paraîtra digne, et par lui-même, et par son illustre père. Ruse éventée, Athéniens! stratagème impuissant, si la justice et les grands intérêts de la patrie nous dirigent, si nous poursuivons de notre haine l'orateur qui s'efforce de torturer la vérité! Pour moi, loin de me laisser séduire et arrêter par ce détour, je ne vois rien d'aussi perfide. Oui, Démosthène se travaille à nous tromper au profit de Ctésippe.

Il y a plus : cette désignation de gens de rien vient-elle à propos ? convient-elle à cette affaire ? je ne puis le reconnaître , bien que ce soit à ceux-là surtout qu'il s'attaque. En effet , si nous avions à faire une enquête sur la naissance , s'il fallait réserver nos honneurs pour les nobles familles , il serait bon de classer par races ceux qui les recevront. Mais , si les récompenses sont indistinctement la suite nécessaire des bons services, si la vertu seule a des droits à ce salaire , si l'immunité est à nos yeux la simple compensation des utiles succès, je ne vois pas comment on peut logiquement parler de haute et basse extraction alors que les honneurs doivent être accessibles à tout citoyen, chétif enfant de la plus humble tribu , ou descendant de Codrus. Achille aurait-il plus de droits que Thersite à la reconnaissance des Hellènes , si tous deux contribuaient pareillement à la défaite des Troyens? Non , le fils d'une déesse, le soldat obscur, seraient égaux.

Avançons. Si les citoyens hautement considérés participent seuls à l'immunité , rien ne sera plus funeste. D'abord , nul Athénien certainement ne voudra plus s'acquitter des charges, ni même subir les contributions dont la loi n'exempte personne : d'une fuite obstinée on fuira les affaires publiques, les exemptés se prévalant de leurs dispenses , les autres désespérant d'en jamais obtenir. De là , entre ces deux classes, malveillance , jalousie, irritation perpétuelle , et toutes les fureurs de la haine. J'épargne à Athènes les paroles odieuses , en disant que ses progrès seront arrêtés, qu'elle deviendra stationnaire , par l'effet de cette inertie et de cette discorde. Supposons ensuite que quelques hommes remplissent les charges, dont l'immunité ne les tient pas éloignés : la faiblesse, la nullité d'une telle association de contribuables, l'impuissance de leurs efforts , ne sont ignorées de personne.

Toutefois , je veux que le résultat en soit beau , convenable, suffisant : est-il donc pour Athènes plus honorable, plus utile, plus favorable à sa grandeur, d'être servie par tous ses enfants , ou par quelques-uns? de recueillir les fruits d'une prévoyance universelle et libérale, ou d'échoir à quelques pauvres pourvoyeurs? de recourir à toutes les fortunes , grandes et médiocres, ou seulement à ces dernières? de voir tous les peuples verser

sur elle l'éloge, ou le blâme? car je crois entendre les Barbares
même nous reprocher dédaigneusement d'avoir préféré la moitié
au tout, et résolu de mutiler nos ressources, alors qu'il les fallait
déployer tout entières. Ainsi, que cette distinction entre exemptés
et imposés n'apporte à la République aucun des avantages que
Démosthène se fatigue à nous étaler; que même elle soit éminemment coupable des fâcheux résultats que vous venez d'entendre : voilà votre ferme conviction à tous, Athéniens intelligents, que la nature et l'éducation ont préparés de concert à
discerner ce qui est beau, juste et utile!

Mais, quand la loi défend que nul ne soit dispensé, et ne puisse
l'être désormais, qu'elle est précieuse, et grosse d'avenir! qu'elle
s'adapte merveilleusement au génie d'Athènes et de la démocratie! Parmi nos autres lois, celles-ci règlent des intérêts privés,
celles-là la chose publique : seule, la loi de Leptine, dans sa
haute utilité, s'adresse à tous et pour tout; seule, elle nous
offre un solide appui, sur lequel le gouvernement tout entier
peut se reposer. Service militaire, armement naval, ambassades
à expédier et à recevoir, alliances, traités, guerres, défense de
la patrie, concorde même et unité de pensée entre tous les citoyens, en un mot, moyens de décider promptement et d'exécuter avec de larges ressources tout ce que doit faire une grande
République, dominatrice de tant d'îles et de nations : tels sont
les heureux avantages qu'après Minerve nous devrons à cette
loi. Ces vérités, j'essaierai, selon mes forces, de les exposer
dans tout leur jour; oui, je veux vous montrer nettement, ô
Athéniens! le trésor contenu dans la loi de Leptine; et, dans
son auteur, le plus ardent ami du Peuple, le plus zélé serviteur
de l'Etat.

Toute république, toute monarchie, tout homme même, pris
individuellement, examine, avant d'agir, si tel acte lui sera
utile, et presque toujours le rapporte à soi-même. On désire
aussi, Athéniens! on désire vivement y rencontrer, dans son
intégrité, le caractère de la justice : car cette réunion seule rend
une action excellente. Est-elle impossible? l'équité devient-elle
inconciliable avec notre intérêt? alors nous préférons celui-ci à

celle-là; que dis-je? nous nous abstenons de tout fait que nous
reconnaissons ou inutile à nous-mêmes, ou nuisible. Car il y a
démence évidente à se nuire de propos délibéré; et il faut avoir la
tête légère et folle, il faut être un digne associé de Margitès,
pour travailler sans but, sans règle, et s'agiter dans le vide.

Or, la loi de Leptine est juste; elle est utile; glorieuse pour
cette cité, elle ne le cède en rien à nos plus vieilles lois, si même
l'avantage d'avoir perfectionné la première une disposition trop
relâchée, ne l'élève au-dessus d'elles; applaudie du peuple de
Minerve, elle mérite encore les éloges de toute la terre.

Elle est juste; car elle courbe tous les citoyens, sans exception, sous les charges publiques; et c'est là le propre de la vraie
démocratie, d'un État qui professe le culte de l'égalité. Elle ne
permet pas qu'armés d'un privilége, nous repoussions loin de
nous une contribution que paie forcément tout un peuple, comme
si nous avions peur de paraître servir notre patrie! Jouir tous
également des avantages que procure la cité, et faire un partage
inégal de nos devoirs envers elle; voir les uns s'acquitter des
charges, les autres s'en dispenser; placés sur la même ligne par
nos sentiments patriotiques, nous en écarter sur ce seul point; si
la guerre éclate, voler tous aux dangers avec la même ardeur;
mais, s'il faut, sans fatigue, sans péril, satisfaire à des obligations moins graves, bien que très-utiles encore et pour Athènes
et pour nous, réduire de moitié le nombre des citoyens : ce contraste ne choque-t-il pas la raison et l'équité?

La loi est utile : en effet, les charges publiques, vrai soutien
des États libres, leur offrent de grands, d'admirables moyens
de progrès. Il y a plus : les immunités supprimées, combien
concourront à servir la République? je l'ai dit, tous! et si la
dispense reste le partage de quelques hommes? pas un! Si donc
un privilége qui affaiblit la cité, et tourne à sa ruine plus qu'à
l'honneur des privilégiés, n'est qu'un funeste abus; si une ré-
forme capable de la relever avec éclat, et de multiplier ses ressources, commande hautement l'estime des citoyens qui n'ont
point désespéré d'eux-mêmes, ne laissons pas trace de ces fatales
dispenses; et qu'une loi, qui a sa grande et universelle utilité on

croirait émanée d'Apollon, soit reconnue digne d'être confirmée sans obstacle, et d'étendre sur tous son empire !

Le seul avantage que puise l'Etat dans l'immunité, c'est un moyen de récompense. Ceux qui l'ont reçue vivent dans le luxe, il est vrai ; mais les charges, première nécessité de l'Etat même, rassemblent régulièrement les éléments de sa prospérité, et procurent à ceux qui s'en acquittent un honneur tout particulier, résultat du patriotisme. Pour les bons serviteurs il est d'autres salaires ; mais qu'Athènes puisse subsister sans les charges publiques, c'est ce qu'on ne voit pas, même à l'époque fabuleuse de son histoire. Donnez-lui pour habitants les anciens héros, la Fortune même pour patronne : qu'y gagnera-t-elle, privée de cet appui? Si l'on ne doit plus exercer de magistratures populaires, prendre les armes, équiper des vaisseaux, si l'on supprime toutes les sortes de services, vrai soutien des républiques, la société ne sera plus qu'un corps sans mains, sans pieds, sans organes : car le corps n'est pas plus servi par tous ses membres, qu'une cité par les fonctions que je viens de nommer.

D'ailleurs, quand les exemptions deviendraient pour la République le seul moyen de payer sa dette, quand il ne lui resterait que cette couronne pour les citoyens dont le zèle intrépide a mérité ses faveurs, si elle ne pouvait la donner sans se nuire énormément, alors même, ô Athéniens ! nous devrions l'en empêcher, et ne pas nous rendre complices de sa ruine pour plaire à quelques hommes. Comptons tout ce qui est dû à la patrie, aux intérêts du Peuple, et négligeons, dans nos calculs, les individus. Qu'il suffise à leur ambition du titre de bienfaiteurs d'Athènes. Eh ! n'est-ce pas pour eux un plus grand honneur de montrer qu'ils n'ont pas fait de vertu métier et marchandise, et que la magnanimité, le dévouement étaient l'unique mobile de leurs grandes actions? Tels furent, pendant la guerre médique, Thémistocle, fils de Néoclès, Pausanias, fils de Cléombrote, et même avant eux, Cynégire, fils d'Euphorion, et le polémarque Callimaque. Avant de livrer bataille, nul, parmi ces hommes, ne mesura de l'œil la grandeur du prix pour enflammer son courage; nul, après avoir arraché les Hellènes au péril, ne reçut une récompense proportionnée à ce service : par leurs hauts faits, près desquels se flétrissent les plus belles couronnes, ces libérateurs de la Grèce croyaient recueillir assez de gloire.

Vainement accorderions-nous, contre notre opinion, qu'il y a quelque utilité dans les dispenses. Cette utilité serait incomparablement inférieure à celle de l'acquittement des obligations civiles. De plus, celles-ci profitent à tous les membres de la cité, tandis que l'exemption établit une sorte d'oligarchie. Supprimez-la, quel dommage en résultera-t-il? mais repousser les charges, c'est blesser au cœur un Etat libre. J'affirme même que l'Etat coexiste avec les charges : oui, dès qu'il y a constitution civile, il y a service public. En remontant plus haut, vous verrez les premières fonctions onéreuses s'élever en face des premières sociétés naissantes : sur toute la terre, les hommes se cotisaient pour s'organiser. Avec le temps, le caprice inventa la dispense, et l'ambition but à cette coupe empoisonnée. Plus donc l'universalité des charges est précieuse, nécessaire, dominante, plus nous devons nous y attacher et la consacrer.

D'ailleurs, si, entre les choses humaines, celles-là surtout méritent notre estime que dirigent les Dieux, certes, nous ne dirons rien de nouveau en plaçant au-dessus de toutes les devoirs du citoyen. En effet, ne comptez pas, ô Athéniens ! ces devoirs parmi les inventions de l'homme : leur source remonte plus haut ; et, si l'humanité possède une loi émanée du ciel, c'est celle-là. Maîtres de l'univers, les dieux et les génies, en faisant éclore ce grand tout dès l'origine des temps, ont révélé qu'ils se chargeaient du grand et merveilleux office de veiller sur sa vie ; maintenant, comme alors, ce soin les occupe ; et, par un effet de leur continuelle sollicitude pour les hommes, non-seulement nous sommes complétement pourvus de tout ce qui peut soutenir et protéger notre existence, mais encore ils versent sur nous tous leurs biens avec une riche effusion qui parfois dépasse notre attente. Leur titre de créateurs et leur providence se manifestent ainsi l'un par l'autre : s'ils ont sans relâche l'œil ouvert sur le monde, le monde est leur ouvrage ; si nous sommes sortis de leurs mains, ils veillent, par une conséquence inévitable, sur tous nos instants ; et ne permettent pas que, privés du céleste secours, nous tombions, comme un esquif sans pilote, dans l'abîme du néant.

Ainsi, lorsque, par un abus dont tu es le fauteur, ô Démosthène! l'immunité mine sourdement l'exercice des charges, ne déclares-tu pas la guerre aux Dieux? L'œuvre de leur sagesse n'est-elle pas insultée par ton œuvre impure? Toutes tes forces ne se consument-elles pas à détruire leur bienfait? Nous punissons de mort, as-tu dit, l'homme coupable d'avoir altéré la monnaie : quelle peine mériterais-tu donc, défenseur des dispenses, et, par suite, contempteur des Dieux, corrupteur de ta patrie?

« Mais, ajoute-t-il, c'est pour vous, pour les biens dont chaque jour vous apporte la jouissance, que je me lève et que je parle. Si l'empire est assuré à cette loi, nul ne voudra plus se montrer généreux ni rivaliser de zèle, quand Athènes réclamera ses services. Supprimer les immunités, ce serait étouffer le patriotisme. Dès-lors, vous voilà non-seulement ruinés, mais déshonorés, vous qui voulez rapporter à vos richesses, à votre gloire, toutes vos actions, toutes vos paroles. Si donc nous avons ces choses à cœur, nécessairement l'immunité nous sera chère. »

Non, Démosthène; chez aucun de nous ce n'est pas, comme tu l'affirmes, l'espoir d'une dispense qui enflamme le zèle : c'est l'honneur, c'est le dévouement, c'est l'amour. Témoins ces hommes qui, après avoir exécuté de nobles travaux, refusèrent toute récompense, heureux d'avoir servi la patrie; témoins ceux qui furent honorés d'un autre prix, choisi entre ces nombreux salaires dont la République paie ses serviteurs. D'ailleurs, en fût-il ainsi, tu devais préférer à tout les intérêts d'Athènes : j'en appelle à toi-même, qui places toujours l'utile en première ligne. Violateurs des traités, les Corcyréens n'en furent pas moins admis dans notre alliance : ils étaient forts, et nous nous décidâmes par la raison d'Etat.

Peut-être Démosthène, ou quelque autre, dira : « S'il est si utile, si démocratique de n'accorder aucune immunité, pourquoi cette défense n'est-elle pas précisée parmi les dispositions

de ces anciennes lois qui avaient pour but les intérêts populaires ?
Quoi! elles exposent longuement tant de règles sages, et, de
celle-ci, pas un mot! Leur silence ne déclare-t-il point qu'une
telle prohibition serait funeste? Quand la loi commande, respec-
tons sa voix; mais aussi, quand elle se tait à dessein, ne la
faisons point parler. Sans cela, notre respect pour elle ressem-
blerait à l'outrage. »

Eh! mon ami, la loi, d'abord, ne statue point sur tous les
cas; elle ne s'étend pas à tout, au point de ne rien laisser en dehors de ses prescriptions; certains détails lui échappent. Son
texte doit donc, quand une amélioration est nécessaire, se res-
serrer ou se développer : ainsi l'exige l'esprit de la loi; car,
même ce qui est le plus fortement tendu ne saurait atteindre à
tout.

De plus, Athéniens, il faut considérer, non si la législation
se tait sur cette matière, mais si notre proposition est très-belle,
très-juste, et placer de ce côté vos suffrages. Or, je l'ai prouvé,
et c'est le témoignage de tous les pays, de tous les temps, l'excellence de notre projet est telle, qu'il paraîtra, je le crains,
plus respectable que les lois mêmes, et par son mérite propre,
et par une plus haute antiquité : car, avant la création des premières lois, il reposait déjà au sein de l'humanité. D'ailleurs,
tout ce que le législateur omet n'est point, par cela même, vi-
cieux, et ne doit pas, sous ce prétexte, se ranger parmi les
choses vraiment défendues, ni soulever la réprobation générale; mais ce qu'il dit a droit à tous nos respects. Donc, la parole de la loi et son silence nous donnent également gain de
cause.

S'il est bien vrai qu'en tout il faille rechercher l'utile, à quoi
bon négliger les qualités de la chose qu'on examine, et venir
nous parler des lois? On citerait aisément, ô Athéniens! des
lois inutiles, qui n'en gardent pas moins leur place dans notre
législation, et des travaux non prescrits par les lois, mais con-
tribuant, autant que les lois mêmes, à notre prospérité? or,
ceux-là sont plus précieux que le fidèle accomplissement de
lois stériles. Pour n'être pas de l'invention du législateur, ni

l'agriculture ni les divers métiers ne sont proscrits parmi nous.
Voilà le seul soutien de la vie, l'unique moyen de développer
notre activité : ce titre suffit pour que nous y apportions tous
nos soins, notre constante application, tant que la vie nous est
chère. Qu'importe donc que les charges publiques ne soient pas
décrétées plus expressément que ces travaux, que le manger,
le dormir, que tant de biens communs à tous, et régis par la
loi naturelle?

En approfondissant ce sujet, ô Athéniens! on découvrira
cette autre vérité : les lois sont si favorables à l'accomplissement
des charges publiques, que, non contentes de nous y appeler
vivement par leurs perpétuelles exhortations, par leur sollicitude pour la démocratie, elles se rangent encore elles-mêmes,
pour ainsi dire, parmi les serviteurs du Peuple.

Pourquoi citer les lois? Ce même Démosthène qui, pour protéger l'immunité, fait la guerre aux charges, se montre le plus
ferme défenseur de ces dernières. Tantôt orateur du peuple,
rédacteur de décrets, membre du Conseil, tantôt ambassadeur,
chorége, toujours serviteur de la République, il n'a jamais de-
mandé de dispense; et, s'il ouvre la bouche à ce sujet, c'est
aujourd'hui seulement, c'est pour son jeune ami, le fils de
Chabrias, pour Ctésippe!

Indépendamment de ces considérations, si tu regardes, ô
Démosthène! le silence de la loi comme un fort argument en faveur des exemptions, tu compromets, à ton insu, la cause de
ton ami, et les paroles se retournent contre le privilége même
qui t'est si cher. La dispense, en effet, n'est pas plus légale que
l'accomplissement n'est contraire aux lois : ces deux choses sont
également en dehors de la législation; devant la loi, elles ne me
paraissent, soit en elles-mêmes, soit entre elles, ni meilleures
ni pires. D'ailleurs, l'immense supériorité de l'acquittement
des charges sur l'exemption rend la comparaison impossible.
Juste, éminemment utile, le premier, source inépuisable de
notre longue prospérité, dès l'origine de la République a toujours été obligatoire; la seconde est une invention d'hier, invention commode, je l'ai dit, pour ceux qui en usent; mais

funeste à la patrie. Tous les citoyens sont donc fondés à déclarer que l'immunité, empreinte d'un tel caractère, devrait, lors même que nos lois l'auraient admise, en être effacée à jamais, et que, par la raison contraire, la soumission de tous aux charges doit être inscrite dans toutes les parties de notre législation, réunir une immense majorité, ou plutôt s'ériger elle-même en loi.

Depuis longtemps il en devait être ainsi : mais aujourd'hui enfin un excellent citoyen, le patriote le plus ardent, Leptine, suscité par les Dieux, et cédant à ces considérations, vient de payer la dette publique, en proposant que nul, sans exception, ne soit dispensé, eût-il rendu de nombreux services à l'État. Il veut qu'Athènes reçoive aussi le tribut des hommes dévoués, que toutes les fortunes concourent aux charges publiques; et d'ailleurs une crainte sérieuse le préoccupe : avec le temps, l'immunité peut s'étendre sur toutes les têtes, et dès-lors l'État ne sera plus servi. Or, que resterait-il à Athènes, frustrée de ces grandes ressources, pour elle condition vitale? Les charges sont l'âme d'un gouvernement; et, comme le corps ne peut vivre dès que l'âme l'a quitté, une cité que ses enfants ne servent plus languit et meurt. Cette conséquence n'étonnera personne : car, si les Dieux seuls sont affranchis du joug des besoins, et si les besoins rendent les services indispensables, nous pourrons nous passer des charges, ô Athéniens! alors seulement que les besoins nous seront inconnus. Mais, ceux-ci renaissant toujours, comment renoncer à celles-là? Je ne saurais le comprendre. Voilà pourtant la spoliation dont Démosthène, défenseur des dispenses, menace la patrie!

« Il fallait, dit-il, attendre l'avenir : quand l'État manquera de serviteurs, il sera temps de porter cette loi; mais aujourd'hui la mesure législative de Leptine semble prématurée. » Qui nous empêche, ô Démosthène! de retourner contre toi tes propres paroles? et n'auront-elles pas plus de justesse dans notre bouche? Oui, tu devais, toi, attendre l'avenir, si toutefois on peut parler ainsi quand le résultat se manifeste d'avance; alors seulement il serait temps d'attaquer cette loi : mais tu la poursuis dès aujourd'hui, et ton agression semble prématurée. Juge d'ailleurs quel est mon étonnement quand il te prend fantaisie de parler ainsi! Te voilà pris dans tes propres filets, toi qui nous proposes, comme l'expédient le plus opportun, de délibérer après l'événement, et d'user de ces délais si étranges, si funestes dans la pratique, si énergiquement flétris par toi-même; mais ce n'est pas tout : en appelant notre loi absurde, tu ne t'aperçois pas que l'absurdité est dans ton langage. Où est, en effet, l'homme de sens qui, par une sage détermination, pouvant prévenir sa propre ruine, négligerait cette précaution, et préférerait aviser aux moyens de détourner le mal lorsque peut-être il n'en sera plus temps? Eh bien! nous aussi, pouvant rejeter bien loin un privilége maudit, nous n'irons pas, dociles à tes ordres, attendre l'avenir; comme si ses chances étaient voilées pour nous, et qu'ici nous eussions besoin des leçons de l'expérience! Faire abstraction du connu dans la poursuite de l'inconnu, l'insigne folie! Non, les paroles par lesquelles tu nous pousses de ce côté, je ne puis les comprendre. Quand tu en appelles au temps, quand tu veux ajourner les suffrages, crois-tu parler à des auditeurs qui n'aient aucune idée nette de l'immunité? tu ignores donc pourquoi nous venons de lever sur elle le glaive de la parole! A des auditeurs éclairés? ton conseil semble vraiment se réduire à ces mots : « Athéniens, pour songer à vous sauver, attendez que votre perte soit consommée. » Toi-même, si l'on venait de t'assassiner, pourrais-tu traîner ton meurtrier devant l'Aréopage? Les morts renaissent-ils pour accuser les vivants? Telle est une république dont le vaisseau a sombré sous le poids des dispenses : que gagnera-t-elle à vouloir alors rejeter ce fardeau, et sauver l'équipage? Le privilége serait inévitablement englouti, mais avec elle : la maladie ne disparaîtrait qu'avec le malade. Temporisons, dis-tu : moi, je n'en vois pas la raison. Nous y perdrions nos avantages actuels, et ceux de l'avenir nous échapperaient : car il est impossible, tu l'as dit toi-même, qu'après avoir dissipé ce qu'on possède en futilités, on soit encore, pour des dépenses nécessaires, riche des biens qu'on n'a plus. Tant qu'un navire grand ou petit n'est pas encore perdu, matelots, pilote, passagers doivent tous concourir avec ardeur à empêcher la perfidie ou l'imprudence de le faire périr ; mais les vagues l'ont-elles surmonté ? tout effort devient superflu. Pour prévenir une maladie, nous croyons devoir user de remèdes, de breuvages, d'aliments choisis ; mais, si le mal est accouru, quelle est notre colère contre le sort, contre nous-mêmes ! Eh bien ! lorsque nous attachons tant de prix à l'heureuse course d'un vaisseau, au bien-être de notre corps, pourras-tu nous dire, ô Démosthène ! tout ce que nous devons de sollicitude à une République si puissante, et réunissant à un si haut degré toutes les gloires, qu'elle a été, pour tout dire en un mot, un objet de rivalité entre les Immortels ?

Si l'ambition appliquée aux immunités pouvait se concilier avec le maintien des services et l'intérêt de l'État, ce serait, ô Athéniens ! une éclatante folie de s'opposer à l'innocent bénéfice des privilégiés. Mais la ruine publique étant l'inévitable résultat de ces gracieusetés partielles, dites s'il n'est pas plus beau, plus utile de tenir compte de tous les citoyens, que d'une seule classe ? D'ailleurs, la dispense supprimée, les cités n'éprouvent plus de pertes : elles gagnent même beaucoup : elles voient augmenter le nombre des charges, et c'est là leur prospérité. Si, au contraire, ce sont les charges qui disparaissent, c'en est fait des récompenses des villes, c'en est fait des villes elles-mêmes ! Avec le temps, les immunités ne leur laisseront rien, et leur chute sera très-rapide, s'il est vrai que le concours pour le service relève la fortune d'un État, et par là lui permette de rémunérer ses serviteurs.

Ainsi, séparés par une différence énorme, l'exercice des charges produit l'abondance et le bonheur, la dispense entraîne l'épuisement et la misère. Et nous, pour obéir à Démosthène, ou pour servir je ne sais qui, nous nous ruinerons de propos délibéré ! Une loi qui, pour la sécurité de l'avenir, aurait dû nous être donnée dès l'origine d'Athènes, une loi dont on proclame aujourd'hui l'excellence, nous la rejetterions, pour sanctionner, comme éminemment utiles, ces exemptions, fléau de la République ! Mais ce privilége même, vainement, je l'ai dit, les possesseurs voudront le garder : ils le perdront en se perdant eux-mêmes ; et, voyant le peuple le plus éclairé sur ses intérêts se placer à dessein sous la masse qui va l'écraser, qui ne dira : Les Athéniens sont poussés par un funeste génie ?

Qu'on vous adresse cette question : Entre tous vos privilégiés, les uns dispensés des charges, les autres honorés d'une statue, et pour toujours associés aux honneurs d'Harmodius et d'Aristogiton, lesquels jouissent de la gloire la plus éclatante, et ne nuisent point à la patrie ? vous désignerez, j'en suis sûr, ces derniers. Votre réponse serait juste, Athéniens. Quel mal, en effet, pour la République, si tous les citoyens à la fois, si même tous les habitants recevaient des statues ou des couronnes ? De là résulteraient plutôt deux effets excellents : gloire pour les têtes qui porteraient ces couronnes, gloire pour la cité qui les aurait décernées ; merveilleuse impulsion pour élever à la même hauteur tous les dévouements. Athènes possédant d'autres moyens de déployer à propos sa générosité sans éprouver le moindre tort, qu'a-t-elle besoin d'immunités ? quelle nécessité l'enchaîne à cette ruineuse récompense ?

Ainsi, il manque de base, cet argument que Démosthène élevait avec tant d'appareil : il serait absurde, il serait indigne de notre munificence habituelle, de retirer ce que nous avons donné. En effet, non-seulement Athènes ne dépouillera pas, comme il le croit, les serviteurs qu'elle a récompensés, non-seulement la loi de Leptine ne les déclarera point déchus de leur gloire ; ils en acquerront encore une plus éclatante : leur immunité sera remplacée par des inscriptions, par des statues qu'on regardera avec admiration ; ils seront à tout jamais debout, au milieu du Peuple, apprenant à la postérité de quel noble prix la République paya leur patriotisme. Temporaire, ignorée du grand nombre, l'exemption valut-elle jamais ces impérissables honneurs qui ne peuvent pas plus échapper à la célébrité qu'Athènes elle-même ?

Si donc, à l'époque où Athènes récompensait Epicerde, Leucylos, ou tout autre, elles les eût laissés choisir entre l'immunité et une statue, je crois les voir repousser jusqu'au nom de la première, pouvant s'honorer d'un prix bien plus haut, qui nous rapproche des Immortels. Puisque toute leur ambition se serait tournée de ce côté-là, aujourd'hui encore ces mêmes hommes ; et, eux morts, leurs enfants, préféreraient, j'en suis sûr, l'honneur d'une statue à leurs dispenses. Il y a plus : dans leur joie, ils élèveraient un concert d'actions de grâces vers la ville qui aurait eu cette noble pensée, et dont le décret, utile pour elle, serait glorieux pour eux-mêmes.

« Mais, dit-on, si nous changeons ainsi nos dons, ne participant plus, comme dans le cas de l'immunité, à la récompense paternelle, les fils crieront à l'injustice. » Crois-moi, Démosthène, aucun d'eux ne s'indignera : car la gloire d'un père passe, comme un noble héritage, à ses enfants, et c'est assez pour ceux-ci que l'on vante celui dont ils tiennent le jour. S'il est vrai, comme le disent les poètes, que l'homme même le plus intrépide devienne esclave dès qu'il a à rougir de son père ou de sa mère, d'un autre côté, la pure et éclatante renommée de ces derniers lui élève le cœur. D'ailleurs, si, par une invariable loi, le fils d'un bienfaiteur de l'État héritait de toutes les récompenses paternelles, s'il les recueillait comme un patrimoine, dépouillé, il aurait le droit de se plaindre. Mais, puisque la transmission n'a lieu que pour les dispenses, une fois ce privilège supprimé, sur quoi se fonderaient les réclamants? De quel droit voudraient-ils appliquer aux autres récompenses l'hérédité attachée aux seules exemptions? De plus, leur situation est à peu près celle du fils d'un vainqueur aux jeux olympiques. « Par droit du sang, dira celui-ci, je réclame la branche d'olivier. » Tout le monde lui répondra : « Cette récompense appartient, non à la naissance, mais à la victoire. Qui veut la palme doit, avant tout, descendre dans l'arène ; alors seulement il pourra l'obtenir. » Or, qu'est-ce qu'un rameau, au prix d'une statue? Qu'est-ce qu'une récompense dont la durée se borne au moment où on la reçoit, comparée à celle qui traverse les siècles? Si donc ce faible salaire n'est transmissible du père au

3

fils qu'après l'épreuve de pénibles labeurs, pourra-t-on, sans effort, en recueillir de bien plus grands?

Un jeune citoyen revendique pour lui-même les récompenses décernées à son père : mais revendique-t-il, au même titre, l'héritage des malheurs paternels? Non. Fils d'un homme heureux, répudierait-il ce titre, dès que l'infortune arrive? Ah! c'est alors surtout qu'il doit proclamer sa naissance, sous peine de paraître indigne d'un père qui le chérit encore dans le malheur! Mais, s'il se refuse, comme je le vois trop, à prendre volontairement sa part d'un tel fardeau, même en songe, de quel droit veut-il perpétuer en sa personne les faveurs qu'il trouve dans sa famille? Une pareille prétention n'est-elle pas une contradiction choquante? Renier un père malheureux, et, au sein du bonheur, vanter partout et bien haut sa naissance! Cette variation est coupable. Jeune homme, si tu as raison d'être fier de ton père, sois-le toujours. Mais, quand l'espérance te fait vanter les liens du sang, quand tu les caches par peur, malgré ton illusion, tu ne les relâches pas plus que tu ne les resserres. N'écoutons donc point ceux qui invoquent un pareil titre.

Voici encore, ô Athéniens! un raisonnement qui vous fera pénétrer dans ma pensée, et confirmer, par une conséquence rigoureuse, une loi salutaire. Hors l'immunité, nous devons accorder toutes sortes de récompenses à nos bienfaiteurs, en songeant à la conduite que tenaient nos ancêtres, aux plus florissantes années de la République, dans cette ère des dévouements éclatants, où l'on mettait plus d'ardeur qu'aujourd'hui à conquérir les honneurs publics. Supérieurs à tous les peuples pour l'intelligence, la sagesse et toutes les éminentes qualités de l'esprit, portant dans leur âme toute la science et tout le génie de la politique, ou plutôt étant en réalité et dans l'opinion publique l'âme des affaires de la Grèce, enfin ayant à cœur, non-seulement la longue continuation de la prospérité d'Athènes, mais encore une part incessamment plus grande dans toutes les faveurs de la Fortune, nos aïeux regardaient comme un devoir de consacrer à la patrie leur activité personnelle, leur éloquence, et de ne négliger aucun moyen de pousser le Peuple à de nouveaux succès. Bien plus, ceux qui avaient rendu à la République un service quelconque, ceux qui étaient venus à propos la tirer d'une crise, citoyens ou étrangers, recueillaient bienfait pour bienfait, étaient, par l'entraînement de l'émulation générale, excités à se surpasser eux-mêmes dans l'avenir, et recevaient les dons les plus glorieux, les plus splendides : l'un, une statue de bronze sur l'Agora, l'autre, une place près des Dieux dans l'Acropole; celui-ci, un titre magnifique, qui le consacrait comme un Immortel, celui-là, de grands biens, des plèthres de terrain planté et de champs labourables; tel était nourri par l'Etat, tel honoré d'une couronne. Pour chaque trait de dévouement, voilà quelles étaient alors les nobles représailles d'Athènes envers la vertu. Ainsi fut récompensé Erechthée, fils de Minerve; ainsi Harmodius, ainsi Aristogiton. Qui ne sait même que le fils de Xanthippe, Périclès, fut associé avec Jupiter au titre d'Olympien?

Quant à l'immunité, par les Dieux! il n'en était pas question; nul ne la recherchait, et ce n'est pas ainsi qu'on se serait cru dignement récompensé. Etait-ce ignorance? Non; mais nos pères savaient très-bien qu'en gratifiant des dispenses tel ou tel citoyen, ils causeraient à la République un tort grave dont toutes les autres largesses nationales étaient innocentes; ils prévoyaient que les charges n'étant bientôt plus remplies, grâce à la profusion illimitée des exemptions, on tarirait, avec le temps, la source même des récompenses que nous avons énumérées; ils comprenaient aussi combien il serait étrange qu'un zélé serviteur de la patrie en devînt, par son privilége, le fléau, et que, devant une telle perspective, il ne fallait point, même dès le principe, le compter parmi les bienfaiteurs publics. Eh bien! ce ne serait pas un moins bizarre contraste de voir, d'un côté, nos ancêtres, si judicieux, déployer une munificence sans bornes, dans laquelle ils ne donnent pas une pensée aux immunités; et de l'autre, nous, pénétrés pour eux d'une vénération filiale; nous, qui les admirons, qui prenons leur politique pour loi suprême, distribuer des exemptions, et en faire le plus noble de tous les salaires. Ne semblons-nous pas reprocher à ces illustres morts d'avoir ignoré ce genre de récompense, ou de l'avoir refusé par une basse jalousie? Toutefois, s'ils sont, à nos yeux éblouis, supérieurs en tout, en tout nous devons les imiter, pour donner à nos éloges la sanction de notre conduite. Mais si, ce qu'ils repoussaient comme funeste, nous l'embrassons comme salutaire, de deux choses l'une, ou notre jugement s'égare, ou notre imitation n'est qu'un mensonge.

En supposant que l'immunité soit une institution éminemment belle, utile, politique, non-seulement les Athéniens, mais tous les Grecs devraient apprécier hautement cette source de bonheur public, digne de se répandre partout. Jusqu'à ce jour, au contraire, les peuples ne se sont pas hasardés si avant; et puissent-ils, ô Minerve! n'y jamais être poussés! Pourquoi donc sommes-nous seuls infectés de ce mal? Seuls, les Athéniens trouvent-ils du charme à se nuire à eux-mêmes? « Non, dit mon adversaire, nous ne méritons pas ce reproche. Si, au milieu des peuples présentant tous les mêmes mœurs et les mêmes lois, notre immunité était une exception, nous serions coupables de bizarrerie, et notre gouvernement sortirait du droit commun. Mais, loin de là, une grande diversité règne dans les institutions grecques; dans chaque Etat nous voyons des usages exclusifs, consacrés par l'épreuve du temps. Est-il donc si étrange que les dispenses, inconnues de nos voisins, ne subsistent que dans l'Attique? A Lacédémone, à Thèbes, à vingt autres cités, reprochons-nous leurs institutions? Non, nous les attribuons à leurs fondateurs. »

Que chaque peuple, ô Démosthène! diffère ainsi des autres, je te l'accorde : chacun d'eux a eu son législateur particulier, qui surgissait du hasard ou des circonstances. Mais je poserais volontiers cette question : la différence que tu signales porte-t-elle sur des institutions utiles, ou nuisibles au citoyen et à l'Etat? Si tu réponds qu'elle porte sur des institutions nuisibles, quelle absurdité, quel danger, d'essayer de nous faire ressembler aux autres peuples de ce côté-là, et de guérir, comme on dit, le mal par le mal! Ne vaut-il pas mieux nous détourner du mal par l'exemple du bien, et pousser vers ce dernier de toutes nos

forces? D'ailleurs, avec l'immunité, il faudrait réformer tous
ces funestes usages, fléaux de la vie sociale, et les reléguer dans
le pays des fictions : par là , en effet, on mettrait les cités à l'a-
bri du malheur. Mais, si cette variété se fonde sur les avantages
propres à chaque nation, sur la possibilité de faire tout concourir au bien commun, et si les dispenses sont le plus redoutable
ennemi des charges publiques, c'est-à-dire de l'Etat, qui ne vit
que par les charges, pourquoi te livrer à des calculs superflus?
pourquoi, coupable artisan de paroles, établir de faux rapprochements, et, par ce détour, nous conseiller de maintenir, dans
les immunités, une excellente institution? C'est là un véritable
piége, et tu t'efforces de plonger Athènes dans un gouffre de
maux. De même que, poursuivre les méchants et leur faire une
guerre à outrance , c'est bien certainement, d'un aveu unanime,
le propre du citoyen attaché aux lois; ainsi, l'orateur qui pro-
tège de toute son éloquence ceux qui nuisent à la patrie, décèle
sa perfide intention et ses trames criminelles. Or, si nous nous
détournons avec horreur des coupables qu'il défend, quelle
peine ne mérite-t-il pas, lui, complice de ses clients, lui, provo-
cateur de nouveaux attentats? Le calomniateur, le magistrat
vénal, le libertin outrageux, le traître, l'empoisonneur, le
brigand, le voleur avec effraction, l'homme noté d'infamie, ne
sont-ils pas plus odieux, plus sévèrement punis lorsque, loin
de cacher leurs crimes en tremblant, ils poussent l'audace
jusqu'à s'en vanter à tous? Doublement coupables, par leur
perversité, par leur impudence, ils surchargent, sans s'en douter, l'accusation du poids de leurs publics aveux.

Toi qui espères nous tromper si subtilement, voilà ta ruse
éventée, moins par nous que par toi-même. Tu ne peux montrer
l'immunité inscrite dans nos lois, ni l'en tirer comme conséquence nécessaire; pour confondre Leptine, au gré de tes pré-
tentions, tu ne peux citer aucune disposition légale : alors, tu
fardes ton langage, et le replies en cent façons pour surprendre
notre conviction, et subjuguer des auditeurs sans défiance. « La
loi, dis-tu, ordonne formellement que les dons soient à jamais
irrévocables ; et voilà un citoyen qui, par sa motion, annule

dans le présent et à l'avenir les immunités données à tout événement par la République : après avoir ainsi violé la loi et mérité le châtiment attaché à cet attentat, comment pourra-t-il nous faire adopter ses conseils ? N'est-il pas juste que ceux à qui vous avez fait un avantage le conservent, et que leur récompense soit perpétuelle ? » Telles sont les insinuations de ton éloquence tortueuse, animée de fréquentes apostrophes. Mais retiens bien ceci, et réfléchis. Le législateur a statué qu'un don ne pourra être retiré : quant à l'immunité il n'en dit mot ; il ne parle que des donations, à moins qu'il ne t'ait fait quelque mystérieuse confidence. Ce qu'il n'a point dit, pourquoi donc le tirer perfidement de sa bouche ? ce que les lois n'ordonnent pas, pourquoi le présenter comme émané des lois ? N'est-ce pas à la fois les altérer, et nous accuser de ne les pas connaître ?

Si tu affirmes que, sous le mot de *don*, les immunités sont comprises, comme dons populaires, notre réponse sera décisive. Non, une récompense glorieuse pour le particulier qui la reçoit, mais nuisible à la nation qui l'accorde, n'est pas réellement un don : ce terme suppose l'avantage des deux parties. Appelle l'immunité un don, par rapport aux privilégiés, j'y consens ; mais, pour la cité, c'est une peine fiscale. Nettement défini dans toutes nos lois, le véritable don est aussi maintenu par ces gardiennes, ces régulatrices de nos intérêts. Les dispenses sont-elles utiles à l'Etat ? qu'on les désigne comme un don, et qu'elles soient irrévocables. En sont-elles, au contraire, la ruine et le fléau ? fais trêve de sophismes, et ne chicane plus pour glisser dans nos lois ce privilége, comme un intrus et un bâtard. Pour atteindre les autres, ne vois-tu pas que cette arme te blesse toi-même ? Tu crois les frapper, et c'est toi qui reçois les coups ! Emporté par ton audace et ta fougue querelleuse, tu n'aperçois pas ce qu'on va opposer à tes paroles ! tu ne comprends pas même mon objection ! Et voilà, dit-on, le résultat de ta gymnastique oratoire !

C'est sans doute trop peu pour Démosthène, ô Athéniens ! de s'acharner sur un ou deux points : vous avez vu sa méchanceté déborder de toutes parts. A tant d'imputations diverses, accumulées par lui contre Leptine, et toutes repoussées par la vérité, il ose ajouter une accusation de violation des formes légales : mensonge encore plus éclatant que les premiers! Voici ses paroles : « Avant de porter sa loi, Leptine devait obtenir l'abrogation de celle qui est antérieure. Au lieu de cela, que fait-il? laissant subsister cette loi, preuve vivante d'illégalité, il propose la sienne; et il la propose tandis que notre code dit ailleurs que toute motion contraire à la législation établie pourra, par cela seul, être attaquée. » Sans doute, ô Athéniens! il faut absolument suivre jusqu'au bout, dans l'établissement d'une loi, cette marche tracée par le législateur; et quiconque s'en écarterait, moi-même, tout le premier, je le ferais condamner pour avoir méconnu son devoir en élevant loi contre loi. Mais telle n'est pas la position de Leptine, il s'en faut! En effet, si les immunités existaient en vertu d'une loi négligée par lui, et dont il n'eût pas démontré le vice et poursuivi la suppression avant de croire opportun de présenter une loi contraire, il s'accuserait lui-même d'illégalité. Mais nous n'avions, sur cette matière, aucune loi impérative; et, par sa motion, Leptine ne contredisait pas plus notre législation que ne fit jadis Solon lui-même. A vrai dire, le coupable, ici, c'est celui dont la parole ment contre l'évidence; celui qui, les yeux fermés sur les moyens de relever la République, n'a de zèle que pour consommer sa ruine; qui abuse de sa faconde, tantôt citant des lois au gré de son caprice, tantôt insérant dans notre code des prescriptions qui ne furent jamais. C'est là ce que tu fais, ô Démosthène! Aussi, avec cet étrange langage, ce n'est pas Leptine que tu charges, c'est toi. Les dispenses n'avaient aucun caractère légal; nées d'hier et de la coutume, par Jupiter! elles s'étaient abattues sur la cité : alors Leptine présente à la République menacée une loi dont tous proclament la haute sagesse et l'impartialité; et toi, tu t'efforces de détruire son ouvrage, armé, non d'une loi contraire, mais de déclamations vides, de fables trompeuses, d'un babil gonflé d'impostures et de mépris pour les lois. Voilà cependant les oracles sur lesquels tu t'appuies!

Tes calomnies contre Leptine s'élèvent au comble lorsque tu attribues sa loi, non à la prévoyance du citoyen, mais aux haines de l'homme. Son patriotisme, et non le motif que tu allègues, l'a seul poussé à cette démarche : cela va devenir évident. Et d'abord, pour assouvir un ressentiment, c'est contre son ennemi seulement que parlera un orateur ; tout ce qu'il a d'ardeur, il l'appliquera à se peindre lui-même sous les traits de la vertu, à charger de crimes un adversaire contre lequel il saisira toutes les armes de la haine, imputations, preuves accablantes, calomnies même, mais une loi, jamais, par Jupiter ! Car on ne peut faire marcher ensemble une loi et une accusation : celle-ci consiste à prouver publiquement qu'une action est mauvaise, qu'un homme est méchant ; par celle-là nous sommes détournés du vice, et portés à la vertu. Quoi donc ! oubliant de poursuivre ceux qu'il voulait accuser, Leptine se disposait à les rendre meilleurs ! ceux dont le malheur serait pour lui le plus doux spectacle, il n'aspirait qu'à leur faire du bien, comme à ses plus chers amis ! Cela n'est pas, non, cela n'est pas. Du vif chagrin que cause aux privilégiés une loi supprimant toutes les immunités, tu te hâtes de conclure que son auteur suit l'impulsion de la haine : que n'étends-tu cette imputation à presque tous les législateurs ? que ne les accuses-tu d'animosité ? En recommandant la modération et la justice, ils se rendaient agréables aux sages, mais ils déplaisaient certainement à tous les autres. Aussi ne peut-on dire tout ce qu'ils ont soulevé de colère dans le cœur des hommes violents et ennemis des lois.

En second lieu, si l'on te demandait, ô Démosthène ! quels sont ces hommes auxquels Leptine en voulait quand il écrivit sa loi, tu ne pourrais, je crois, les désigner. Après cette simple affirmation, *il y en a plusieurs,* tu ne juges pas à propos de les nommer : non que tu veuilles épargner à Leptine ce surcroît d'accusation ; mais parce que tu ne peux rien préciser ; et c'est vouloir ajouter toi-même à la masse des preuves qui te condamnent. Car, si tu avais eu des noms propres à articuler, le silence t'aurait été insupportable ; et tu n'aurais pas épargné des vivants, toi qui as cité comme existants des gens qui n'ont jamais vécu ; d'ailleurs, en t'expliquant, tu aurais cédé au penchant qui t'entraîne, et solidement appuyé ta cause. Mais aujourd'hui ton imputation anonyme nous trouve tous incrédules, et même nous fait soupçonner que ces personnages n'ont aucune réalité, et sont de ton invention. Ainsi, voulant à la fois, par une allégation aussi vague, imprimer la honte au front de Leptine, et éluder nos réfutations, tu ne comprenais pas, ô Démosthène! que tu t'accusais toi-même d'imposture, et que la loi de Leptine était l'œuvre de la sincérité, et non de la passion.

Diotima de Milète put, dit-on, suspendre dix ans une épidémie qui menaçait Athènes ; mais, n'ayant pas écarté le fléau pour toujours, elle crut n'avoir rien fait pour nous secourir dans cette crise. Aussi devint-elle doublement célèbre, et pour avoir exercé un si grand pouvoir, et pour la tristesse qu'elle ressentit, comme si ce pouvoir, même incomplet, n'était pas une glorieuse manifestation. Toi, au contraire, qui voyais ta patrie malade depuis longtemps du poison des dispenses, tu n'as pas regardé comme un devoir de la guérir, de faire sur elle le facile essai de la magie de tes paroles! Et Leptine, cet excellent citoyen qui, par son admirable dévouement et la providence des Dieux, a opéré cette cure, de grand cœur tu le jetterais, s'il t'était possible, dans les carrières de Sicile ; tu le harcèles de tous côtés ; tu épuises les traits de la calomnie, pour le faire punir (ô Dieux! ô lois d'Athènes!) comme si, par ses conseils, il méditait notre perte. Quant à l'immunité, c'est une exilée que tu ramènes de la frontière au sein de la République, pour la livrer perfidement à Ctésippe.

« Mais, dit encore Démosthène, en ajoutant que désormais nulle exemption ne pourra être décernée, et que l'auteur d'une motion contraire sera puni de mort, Leptine se conduit en tyran : non content d'effacer notre noble habitude de rivaliser de bienfaits dans l'occasion, il en enlève les moyens à la République. »

Sans doute, ô Athéniens! si Leptine nous mettait dans la complète impossibilité d'être généreux, de rendre service pour service, de verser nos dons sur ceux qui en sont dignes, on pourrait lui reprocher cette ingratitude, cette impuissance à nous donner des conseils conformes au devoir; et sa loi devrait être poursuivie comme expulsant violemment les lois d'Athènes. Mais, si Leptine reconnaît leur pouvoir d'accorder pension au Prytanée., logement, places d'honneur, plèthres de terre, toute récompense enfin, hors les immunités, par où mérite-t-il une telle accusation? Au médecin qui interdit à ses malades un aliment nuisible, reprochez-vous de leur prescrire une diète absolue? Est-il à vos yeux un ouvrier malhabile et dont la main épuise nos guérêts, ce laboureur qui les purge de plantes nuisibles? Je vais plus loin : si tu attaques cette loi comme opposée aux lois existantes, pourquoi, ô Démosthène! t'irriter de ses prévisions? Cette opposition même l'anéantit; et c'est folie de redouter, pour l'avenir, ce qui n'existe pas maintenant. Si, au contraire, tu avoues qu'elle a été régulièrement portée, par là tu déclares avec la même netteté qu'elle doit être conservée. Prétendrais-tu que, favorable aujourd'hui, elle sera nuisible demain? non! jusqu'au bout elle conservera son caractère; la vérité ne permet pas un autre langage.

Peut-être tu diras : « Si cette loi est juste, si Leptine a la conscience de son inébranlable stabilité, à quoi bon s'imposer l'obligation d'assurer son avenir? Jamais législateur ne conçut pareille pensée au sujet de son œuvre; loin de là, tous bornaient leur devoir à respecter la justice dans chacune de leurs dispositions. Seul préoccupé de ce soin, tu sembles, ô Leptine! n'avoir pas bonne opinion de ta propre loi. »

Que cette loi si belle, si juste, si tutélaire, soit un public bienfait, nous en avons pour preuve évidente, citoyens! non-seulement mes paroles, mais vos propres manifestations, cet élan soudain et inspiré qui l'accueillit sans réserve, toutes ces mains levées pour la sanctionner de votre commun suffrage. Mais aussi, que la perpétuité, non décrétée dans aucune autre loi, soit, pour un motif spécial, l'objet d'une clause additionnelle dans celle de Leptine, voilà ce qui n'échappe point à votre intelligence, ô Athéniens! et vous déclarerez, j'en suis sûr, cette différence inévitable, si vous en examinez la double cause.

Solon, Lycurgue, tous les législateurs, se sentirent portés à faire des lois, à fonder des institutions, non par la nécessité, mais par leur génie politique. Pour Leptine, un impérieux besoin l'a poussé, celui de ne plus voir sa patrie suspendue sur l'abîme creusé par les immunités. N'enlevant aucune récompense, les premiers ne heurtaient personne; des nombreux citoyens de toutes les classes, privés par sa motion de leur privilége, le second se faisait autant d'ennemis. Ceux-là, libres de contradicteurs, n'avaient nullement à se préoccuper de l'avenir, et ils n'y songèrent point; celui-ci, qui en avait beaucoup, ne devait point passer l'avenir sous silence, et il en parla. Semblable à l'habile médecin qui, non content de guérir un malade, lui administre certains préservatifs, et, pour prévenir les rechutes, prescrit désormais un genre de vie opposé à celui d'où naquit la maladie, Leptine, après avoir supprimé les dispenses, ajoute que jamais elles ne pourront être rétablies, consolidant le succès de cette cure et dans le présent et dans l'avenir, étendant ses regards sur les intérêts les plus lointains de la République, et comprimant l'audace des opposants qui, dès l'année suivante, se ligueront avec Démosthène. Car l'éternel mélange des bons et des mauvais citoyens est dans la nature; ou plutôt c'est une fatalité à subir; et, si un législateur quelconque a dû recourir à des moyens tyranniques, faut-il s'étonner que Leptine ait eu besoin d'assurer les destinées d'une loi d'utilité générale? Non, par les Dieux! qu'il ait tremblé, comme on le dira peut-être, pour son œuvre : couverte de vos suffrages, Athéniens! qu'importe que tel ou tel misérable l'attaque de ses folles déclamations?

Ainsi, ô Démosthène! nous l'avons reconnu : croyant défendre ta propre cause, tu as très-bien soutenu celle de Leptine; dans le filet où tu espérais l'enlacer, te voilà pris toi-même; ces immunités dont le maintien était le but de toutes tes actions, de toutes tes paroles, tu nous les as montrées comme le fléau le plus funeste; la loi de Leptine, comme une mesure de l'application la plus indispensable. Ton opposition donne à cette loi plus d'éclat que n'eût fait, à sa naissance, l'appui de ta voix : car alors tu aurais peut-être paru coupable d'une basse complaisance, et les traits d'un autre adversaire eussent passé inaperçus. Mais aujourd'hui un témoignage peu suspect, la décision même d'un ennemi, range l'auteur de la loi parmi nos meilleurs, nos plus utiles citoyens. Quelle reconnaissance ne te doit donc pas Leptine !

NOTES DE L'INTRODUCTION.

Page 5. *Les fêtes , dont l'appareil entraînait des dépenses énormes.* —
« Le défrai, dit Plutarque, en est de grande despense. A quoy regardant ,
un Laconien rencontra fort bien quand il dit que les Athéniens s'abusoient
et failloient bien lourdement, de despendre tant , et de faire à bon escient,
pour jouer : c'est-à-dire, de consumer les deniers qu'il faudroit à mettre
sus une grosse armée de mer, et à soudoyer et entretenir un puissant exer-
cite de terre, à faire jouer des jeux en un théâtre. Car, qui voudra faire le
compte, combien leur a cousté chascune comédie, il se trouvera que le
peuple athénien a plus despendu à faire jouer les tragédies des Bacchantes, ou
des Phœnisses, ou des Œdipes, ou Antigone, ou faire représenter les actes
d'une Medea ou d'une Electra , que non pas à faire la guerre aux Barbares ,
pour acquérir empire sur eulx, ou pour défendre leur liberté. » *Si les Athéniens ont esté plus excellents en armes qu'en lettres.* Traduction d'Amyot.

P. 6. *Ou à offrir des armes et des vaisseaux.* — Pendant la guerre de
Sicile , le banquier Pasion donna mille boucliers et cinq galères armées et
montées à ses frais. Démosthène, *Ier Plaidoyer contre Stéphanos*, fin.

P. 6. *A la merci des besoins , même des fantaisies populaires.* —
« Vous le voyez, nos chefs ont pillé le Trésor ; il est épuisé. Regardez donc
comme le revenu le plus sûr de l'Etat, les biens de ceux qui remplissent les
charges avec ardeur. M'appauvrir, ce serait vous appauvrir vous-mêmes. »
Ainsi parle un riche accusé à ses juges, dans Lysias, *Orat.* XXI, *ex ordine
Taylori.* Baiter et Sauppe, *Oratores Attici*, p. 122.

P. 6. *La pire condition , à Athènes, était celle des riches.* — « Xéno-
phon , improbateur éloquent des institutions démocratiques de sa patrie, se
plait à nous montrer les riches écrasés par les dépenses des chœurs et du
service maritime, tandis que le peuple se faisait payer pour chanter, pour
courir, pour voguer dans les galères , ayant à cela le triple plaisir de s'amuser, de s'enrichir, et d'appauvrir les riches. »
M. Ch. Magnin , *Origines du Théâtre moderne*, t. I , introduction , p.
124.

P. 6. *Les liturgies.* — Un ancien grammairien , d'accord avec le Scholiaste de Démosthène, explique ainsi λιτουργίαν· Εἰς τὸ δημόσιον ἐργάζεσθαι,
τῷ δημοσίᾳ ὑπηρετεῖν, *servir le public comme un ouvrier, même comme un*

valet. Λειτουργία , et, dans le vieux dialecte attique, λητουργία (Rac. λάϊτον, λέϊτος, λεῖτος, λήϊτος, λῆϊον ἔργον, *publicum munus œdilitium*). Ce mot a si-gnifié, selon les temps et les auteurs, *charge publique*, *grade militaire*, *service* en général, même *devoir naturel*. Diodore de Sicile l'applique au culte des Dieux, ou *service divin*; Athénée, au travail des esclaves, ou *ser-vice domestique*; Aristote, aux *fonctions de nos organes*. Passant chez les écrivains ecclésiastiques, ce même terme désigna tantôt *la fonction* spéciale attachée à chaque degré du sacerdoce, tantôt *l'office divin*; ici, *la sainte Cène*; là, *l'aumône*; enfin, l'ordre des *cérémonies* et la formule des *prières* de l'Eglise. (Casaub. *Exercit. in Baron. Annal.*, p. 470. H. Steph. *Thesaurus Græcæ Linguæ*, édit. Hase, s. v. Λειτωργία.)

P. 6.   *Ou charges publiques gratuites*. — A Rhodes, et dans quelques autres Etats grecs, il y avait aussi des liturgies salariées, ou plutôt allégées par des subventions.

P. 6.   *Blâmées par le Stagirite*. — Aristot. *Polit.*, liv. V (liv. VIII, Barthél. St.-Hilaire), ch. 4.

P. 6.   *Admirées par Montesquieu*. — *Esprit des Lois*, liv. V, chap. 5; surtout liv. VII, chap. 3.

P. 7.   *Pour les concours si animés des poètes dramatiques*. — De deux passages de Pindare et de Plutarque, il semble résulter qu'il y avait des cho-réges spéciaux pour préparer la *mise en scène* des odes et des chants de victoire. (Pind. *Olymp.* 2; *Isthm.* 2. Plut. *Symp.* 8). Mais ce n'était pas une fonction publique; et le poète lyrique lui-même, ou un ami de son choix, se chargeait de ce soin, dispendieux seulement pour le vainqueur qu'on célébrait, ou pour sa ville natale.

P. 7.   *La personne du chorége en fonction était sacrée*. — Voyez, dans ma traduction complète de Démosthène, le commencement de l'In-troduction au Plaidoyer contre Midias, p. 168.

P. 7.   *Le nom de celui qui triomphait de ses rivaux était gravé, etc.* — Quatorze inscriptions choragiques se trouvent dans les divers Recueils pu-bliés jusqu'à ce jour. L'élégant édifice d'Athènes, que les Grecs appellent *to Phanari tou Demosthenis*, les Italiens *il Palazio di Demostene*, et dont une copie orne le parc de Saint-Cloud, fut élevé par le chorége Lysicrate, en mémoire d'un prix décerné à ses chœurs.

P. 7.   *Lysias nous en donne le tarif*. — M. Ch. Magnin tire de nom-breuses inductions de ce même document dans ses *Origines du Théâtre mo-derne*, t. I, Introd., p. 132 et suiv. Mon travail était terminé depuis plu-sieurs années lorsque j'ai lu le livre de cet ingénieux savant.

P. 8. *La danse militaire des adolescents.* — Lysiæ *Orat.* XXI.

P. 8. *L'hestiasis :* c'est-à-dire , la charge de donner un festin. Sous les Pisistratides, la chorégie et l'hestiasis étaient réunies dans la dénomination commune de *phylarchie.*

P. 9. *Bœckh estime, etc.*— *Economie politique des Athéniens*, l. III , chap. 23. — La société moderne a aussi ses *hestiateurs :* mais, bien différents de ceux d'Athènes, la philanthropie les anime, quand ce n'est pas la charité.

P. 9. *Dans le Mémoire que nous avons déjà cité.* — Lysiæ *Orat.* XXI.

P. 9. *Sur le rivage de Rhénéa.* — Plutarch. *Nicias*, c. 3. Taylor. *Marmor. Sandw.* p. 18. — L'île de Rhénéa (Herodot. 'Pḥναίη; Thucyd. et Strab. 'Pηνεία; Plutarch. 'Pηνία; apud. al. Κιλαδούσσα, *la Retentissante,* "Αρτεμις, *l'île de Diane;* Plin. *Rhene*) était la grande Délos, une des deux îles de l'Archipel appelées aujourd'hui *Sdiles* par les pilotes.—Le stade était de 180 mètres.

P. 10. *C'est cette avance, etc.* — Bœckh , *Economie polit. des Athén.*, liv. III, chap. 1, 21; liv. IV, chap. 9. Reiske (*Index Græcitatis Demosth.*) : Προεισφέρειν ὑπὲρ ἑαυτοῦ καὶ τῶν λοιπῶν προεισενεγκεῖν, *vorstrecken , to advance.* Cet usage semble avoir été si bien établi à Athènes, que , pour désigner un homme qui *se rendait utile*, on disait , *c'est un payeur d'impôts,* λυσιτελῶν. (V. Schol. Sophocl. ad *OEdip. Tyr.* v. 316, ubi legitur τέλη λύει, pro λυσιτελεῖ.) Il est plaisant de voir comme Socrate raffine sur l'étymologie de ce mot dans le *Cratyle* (Plat. P. II, vol. II, p. 72, ed. Bekkeri). Au reste, συμφέρει, et , chez les Latins, *confert*, paraissent remonter, à peu près, à la même acception primitive.

P. 11. *Des associations d'imposés.* — Harpocration : Συντελεῖς· οἱ συνδαπανῶντες καὶ συνεισφέροντες. Τόδε πρᾶγμα συντέλεια καλεῖται. Tel est aussi le sens que le Grand Etymologique donne à ce mot.

P. 11. *Après les plus brillantes récompenses, etc.* — Ces récompenses, dont parlent Démosthène et Aristide, étaient surtout εἰκών , προεδρία, σίτησις ἐν Πρυτανείῳ, στέφανος.

Εἰκών, l'érection d'une *statue*, ordinairement d'airain. Le premier qui obtint cet honneur public, le plus insigne de tous, fut Solon; puis vinrent Harmodius et Aristogiton, Conon, etc. À une époque de décadence, cette récompense fut tellement prodiguée que, dans l'espace d'un an, Démétrius de Phalère ; par des statues en pied , équestres ou placées sur des chars , se vit , comme dit Fontenelle, multiplié trois cent soixante fois dans la citadelle, au Pirée, et sur les places publiques d'Athènes.

Πρωϵδρία était le droit de *préséance* au théâtre, dans les assemblées, et dans les cérémonies publiques.

Σίτησις (R. σῖτος, *blé, pain, vivres*), désigna d'abord des *gâteaux* offerts, au nom de leur tribu, aux citoyens qui s'étaient dignement acquittés d'une charge onéreuse dans certaines fêtes. L'honneur *d'un repas*, aux frais de l'Etat, fut ensuite accordé au guerrier distingué par sa bravoure, à l'ambassadeur revenu avec succès d'une mission importante : cela s'appela encore σίτησις. Enfin s'établit l'usage de *nourrir publiquement, le reste de leurs jours*, les Athéniens qui avaient bien mérité de la patrie, et les vainqueurs aux jeux Olympiques. C'est la récompense que demande Socrate dans sa sublime défense. (Plat. *Apol. Socr.*). Le même mot, grandissant, comme on le voit, avec la chose, s'étendit et s'arrêta à cette dernière acception. Le Πρυτανεῖον d'Athènes était le bâtiment où se tenait constamment assemblé ce comité permanent du gouvernement qui se composait tour à tour de chacune des dix sections du Conseil des Cinq-Cents. Dans cet édifice circulaire et voûté, appelé aussi, pour cette raison, Θόλος, les cinquante prytanes (présidents du Conseil), avec quelques employés, prenaient leur repas en commun. Or, le citoyen à qui la σίτησις était accordée comme récompense, devenait le commensal de ces magistrats. Cette pension s'appelait aussi σιτία et παρασιτία.

Enfin, des στέφανοι, couronnes d'or, souvent d'un poids considérable, étaient décernées par le Peuple assemblé, par les Cinq-Cents, par une tribu, ou par un dème, à l'un de leurs membres.

P. 12. *Leptine, citoyen puissant et estimé.* — Démosthène, dans son Plaidoyer contre Androtion, parle d'un Leptine, du dème de Coelé. Ce même nom se lit dans la cinquième Lettre attribuée à Eschine. En comptant l'auteur de la loi qu'attaque Démosthène, faut-il voir, en tout, un seul Athénien de ce nom, ou deux, ou trois? *Nemo dixerit*, répond A. Wolf, *nisi qui sit divinus.* Le même critique incline à rapporter à l'adversaire des immunités un mot qu'Aristote n'a pas dédaigné de citer, après la touchante image de *l'année qui a perdu son printemps*, employée par Périclès. On délibérait à Athènes si Lacédémone, affaiblie par la perte de la bataille de Leuctres, serait préservée d'une destruction totale. « Athéniens! s'écria Leptine, laisserez-vous arracher à la Grèce un de ses yeux? » Aristot. *Rhetor.* lib. III, cap. 10.

P. 13. *Le Peuple Athénien ne pourra plus accorder d'exemptions.* — Cette prohibition de la loi de Leptine, μηδὲ τὸ λοιπὸν ἐξεῖναι τῷ Δήμῳ αἰτεθέντι τὴν ἀτέλειαν δοῦναι, ne manquait-elle pas de sanction? A la fois sujet et souverain, le Peuple Athénien ne pouvait-il pas se rendre légalement à lui-même l'exercice d'un droit dont il s'était légalement privé? Non :

l'Aréopage était là, pour empêcher la multitude de revenir légèrement sur sa propre décision. Leptine, d'ailleurs, liait les mains au Peuple, en accumulant les peines les plus graves sur la tête du solliciteur.

P. 13. *La loi portée contre les magistrats débiteurs du Trésor.* — C'est-à-dire, la peine de mort. — Ælius-Aristide et l'auteur d'un argument grec du discours de Démosthène contre la loi de Leptine présentent plusieurs autres dispositions comme appartenant à cette loi : mais nous nous bornons, avec A. Wolf, à celles qu'offre le texte même de Démosthène.

P. 13. *Ce résultat même a de quoi nous étonner.* — Dans l'argument grec du discours d'Aristide que nous traduisons, la loi de Leptine est ainsi caractérisée : Τοῦ νόμιν, βελτίστιν τε ὄντος καὶ κοινοτάτου, καὶ μάλιστα πάντων πολιτεία πρεπέκωτος. « Cette excellente loi était très-impartiale et éminemment démocratique. »

P. 13. *Le sujet du discours de Démosthène fut souvent remanié dans les écoles des rhéteurs.* — Il fut quelquefois aussi l'occasion de leurs plaisanteries. En voici un exemple, qui ne manque pas de délicatesse.

Envoyé en ambassade à Rome, près de l'empereur Sévère, Apollonius y disputa contre le sophiste Héraclide le prix de déclamation oratoire. Vaincu, Héraclide perdit l'immunité dont il jouissait (1), tandis que le rhéteur athénien fut comblé de présents. Héraclide fit courir faussement le bruit qu'Apollonius allait bientôt rejoindre Leptine en Libye. Ce Leptine s'était déclaré indépendant, et s'entourait des hommes de talent de tous les pays (2). « Belle occasion pour vous de déclamer la Leptinienne! dit Héraclide à Apollonius. — Dites plutôt pour vous-même, répondit l'ambassadeur : ce discours n'a-t-il pas été écrit pour le maintien des immunités? » Eudociæ *Violetum*, p. 57; d'après Philostrate, *Vitæ Sophist.*, l. II, c. 20, § 2, p. 99; ed. Kayser.

P. 13. *L'adversaire posthume...... fut Ælius-Aristide.* — Ce rhéteur lui-même, au commencement de son troisième discours contre le Gorgias de Platon, nous apprend, en termes obscurs, qu'il avait écrit une ou plusieurs harangues sur la loi de Leptine. Mais les deux *declamationes Leptineæ* auxquelles Morelli et Angelo Mai ont, dans le silence des manuscrits, attaché son nom, sont-elles réellement de ce sophiste? Ceux qui admettent l'affir-

(1) A Rome, à Lyon, et dans plusieurs autres villes, on punissait quelquefois l'orateur ou le poète qui était vaincu dans ces luttes littéraires.

(2) L'histoire fait encore mention de deux autres Leptines : l'un, tyran d'Apollonie, en Sicile, se soumit à Timoléon, et finit ses jours dans l'exil, à Corinthe; l'autre commanda avec distinction les flottes de Denys l'Ancien. Voy. Plutarque, *Vie de Timoléon*, 24; et Diodore de Sicile, l. XIV, c. 53 et suiv.

4

mative ne peuvent, il est trop vrai, l'établir sur des raisons convaincantes ;
et, d'autre part, de graves motifs portent à douter qu'Aristide soit l'auteur
de ces compositions. Cette thèse a été soutenue récemment avec un grand
savoir, parfois même avec une bonne logique, dans une dissertation inau-
gurale d'Ed. Foss, dont voici les conclusions : 1° les deux déclamations,
pour et contre la loi de Leptine, sont d'un seul et même écrivain ; 2° l'iné-
légance et l'incorrection du style, la faiblesse des pensées, la maladresse
du pastiche, les anachronismes, décèlent un auteur moins pur, moins élevé,
moins éclairé qu'Aristide ; 3° cet auteur, quel qu'il soit, imitateur d'Aristide
lui-même autant que de Démosthène, doit avoir écrit à la fin du ive siècle
de notre ère, ou au commencement du ve. Foss va jusqu'à dire, p. 41 :
« Adeo hæc gravia argumenta sunt, ut, si Aristidis nomen in codicibus as-
criptum esset, errorem esse statuerem potius, quam ut scriptorem minime
spernendum ita a se quasi degenerasse putarem. Jam vero, quum, quis
scripserit declamationes, plane incertum sit, neminem confido in posterum
ausurum esse Aristidi eas ascribere. » Dans une obscure et oiseuse question
d'histoire littéraire, ce ton d'assurance m'étonne. Foss, d'ailleurs, n'a pas
bien compris tous les passages dont il s'appuie ; et plusieurs de ses arguments
peuvent être retournés avec succès contre lui-même. Je fais donc l'humble
aveu de mon scepticisme sur ce point ; et, si je mets en avant le nom d'A-
ristide, c'est pour me conformer à un usage que le savant directeur du gym-
nase d'Altenbourg n'a pas encore effacé.

Pag. 13. *La ville de Smyrne.... venait d'être renversée, etc.* — Ce fut
l'an 178 de J.-C. — La plupart des détails qui suivent sont tirés des œuvres
même d'Aristide. Voyez, à ce sujet, la dissertation remarquable de M. Dareste, *Quam utilitatem conferat ad historiam sui temporis illustrandam rhetor Aristides;* Paris, 1843.

P. 14. *Dans une lettre que le temps a respectée.* — Æl.-Aristidis
Epist. ad M. Anton. et Aurel. Commod. XLI ; ed. G. Dindorfii. Aristide
pouvait dire doublement de cette lettre, *c'est mon meilleur ouvrage.* Mais
voyez, dans son XXe Discours, une complainte ampoulée sur le même
sujet.

P. 14. *Smyrne se relève plus brillante et plus belle.* — Ejusdem *Smyr-
næus,* Orat. XV, habita ad Cæsares; XXI, Palinodia in rediv. Smyrn.; XXII,
Orat. ad Commod., etc.

P. 14. *Publius Théodore.* — Visconti, *Iconogr. Grecque,* t. I, p. 271,
note 2, Joann. Massoni, *Collect. histor. ad Aristid.* vitam, § I. — Le premier surnom de notre rhéteur, *Ælius,* était fort commun au IIe siècle.

P. 14. *Dans la petite ville d'Adrianes, en Mysie.* — Philostr. *Vitæ Sophist.*, l. II, c. 9; p. 83, ed. Kayser. Æl.-Aristid. *passim.* Letronne, *Recherches pour servir à l'histoire de l'Egypte*, p. 254. — La Mysie formait la partie N.-O. du pachalik d'Anatolie.

Je ne puis m'empêcher de signaler trois erreurs dans le court article que F. Ficker a consacré à Aristide : il attribue à ce sophiste Hadrianople en Bithynie pour lieu de naissance; soixante années de séjour à Smyrne; et seulement trente-cinq Discours, avec un Traité du Style, en deux livres. (*Histoire abrégée de la Littérat. classiq. ancienne*, t. I.)

P. 15. *Comme Crassus.... s'était amusé à répéter, en d'autres termes, les harangues de Gracchus.* — Cic. *De Orat.* I, 34. Démosthène, corrigeant l'abus de cette méthode, en avait tiré pour lui-même d'utiles résultats. Voyez sa Vie dans Plutarque, ch. 8.

P. 15. *L'éloge d'une ville, etc.* — De Æteone Cyziceno, de Alexandro Grammat. Laudat. funebr. XI, XII; Panathenaïcus, XIII; M. Aurel. Anton., Romæ, Maris Ægei Encomia, IX, XIV, XVII; Pro Asclepii templo apud Cyzicenos, XVI. *Adde* XXIX, XXX, XXXI, XXXII, etc.

P. 16. *Mais le caractère des idées vous trahit toujours.* — M. Villemain, *Tableau de la Littérature au moyen âge*, t. II, p. 220; 3e édit.

P. 16. *Lucillus... se moque avec grâce, etc.* — *Anthol. Græca*, ad Palat. cod. fidem edita, XI, 142. Cette épigramme est intraduisible, à cause des idiotismes, cités en exemple, dont elle est remplie.

P. 17. *D'étranges rêveries, pressentiment confus du magnétisme animal.* — Orationes vide VI, VII, XVI, XVIII; et quas ἱεράς dicunt, XXIII-XXIX.

P. 17. *Une statue de bronze, etc.* — Visconti, *Iconogr. Grecque*, t. I, p. 270, note 3; et Pl. XXXI.

P. 18. *Permets... que mes amis poussent le cri d'admiration, etc.* — Δίδοσθω δέ αἰτεῖς, ὦ βασιλεῦ, καὶ βοᾶν καὶ κροτεῖν, ἱπόσον δύνανται. Le local dans lequel les Sophistes déclamaient eût suffi pour inspirer une telle vanité : la chaire était appelée *trône*; la salle était un *théâtre*; la leçon elle-même, une *représentation* (ἐπίδειξις). Il résulte de ce passage de Philostrate qu'on n'applaudissait point en présence de l'empereur. Cet usage respectueux s'observait autrefois en France, quand le Roi assistait au spectacle.

P. 18. *Cinquante-cinq déclamations.* — G. Dindorf comprend dans ce nombre la défense de la loi de Leptine. Aristide avait joué le pour et le contre ; et déjà l'on possédait de ce sophiste une *Leptinienne* écrite dans le sens de celle de Démosthène : je lui dois plus d'une bonne interprétation du texte de cet orateur. Celle que nous traduisons pour la première fois, découverte par le célèbre Angelo Mai, a été publiée en 1825. Voy. *Scriptor. veter. nova Collectio e Vatic. Codd.* t. I, part. III, p. 1-33.

P. 19. *De son plus habile sophiste.* — Valckenaer, *in Herodotum*, donne à Aristide l'épithète de Ἀττικώτατον. S'il la mérite, c'est surtout pour les formes du style.

P. 19. *Et Aristide lui-même*, etc. — Orat. XXVI. Passe encore pour Démosthène, pour Platon : mais Aristide se comparait à Alexandre-le-Grand ! Eunape l'admire jusqu'à l'enthousiasme, et l'appelle *divin*, τὸν θεῖον Ἀριστείδην. La folie de ces anciens éloges, que l'éditeur anglais Jebb recueille avec amour dans sa Préface, a été presque égalée par l'engouement de quelques modernes érudits. Guillaume Canter, traducteur latin d'Aristide, veut bien nous apprendre que ce sophiste réunit à un très-haut degré, *accuratissime expressas*, la profondeur de Thucydide, la grâce d'Hérodote, l'énergie de Démosthène.

P. 19. *Dans un style laborieusement compassé.* — Ἐξεπόνει δὲ κῶλον ἐκ κώλου καὶ νόημα ἐκ νοήματος, ἐπανακυκλῶν, dit Philostrate. Bernhardy, dans son *Histoire de la Littérature Grecque*, dit qu'Aristide se complaisait aux difficiles tours d'adresse (*mühselig schnoerkelnd*).

NOTES DU DISCOURS.

Page 21. *Ce Démosthène qui montre cette conviction dans ses actes ; etc.*
— Plusieurs membres de cette trop longue phrase offrent des amphibologies
qu'un léger changement vers la fin (τῶν τοιούτων pour τὰ τοιαῦτα) ne ferait
qu'accroître avec une fausse lueur de vérité. En attendant le dernier mot de
la critique, bornons-nous à quelques remarques essentielles. 1° Les mots
ὡς καί, ou, comme lit Niebuhr, ὡς καὶ εἴ τις, qui commencent ce morceau,
correspondent-ils, par le sens et la construction, à ὡς καὶ ἀτελείας, qui
précèdent ? rien n'autorise à le croire. 2° Remarquez l'amalgame de οὐ
μόνον ὅτι avec καὶ ὦ λέγειν μόνον. J'ai dû l'éviter, sans rompre la forme périodique. 3° Βούλεται καὶ συνεύχεται s'applique à la conduite *habituelle* de
Démosthène, bien opposée, selon Aristide, à celle de ce même orateur
parlant pour le maintien des immunités ; contraste qui cause l'étonnement
exprimé dès les premiers mots du discours. 4° En disant de Démosthène, τὸ
ἀεὶ πολιτεύεται χεῖρον, le sophiste oublie que cet orateur avait au plus trente
ans quand il attaqua la loi de Leptine. Le même oubli se remarque dans
d'autres parties de ce discours. 5° Selon l'usage constant des orateurs attiques, je lis περὶ αὐτοῦ, avec A. Mai, Niebuhr, Dindorf, au lieu de περὶ αὐτό,
leçon d'A. Wolf et de Grauert. 6° Μὴ αἱ ἵνα μηδένα est une locution insolite. Les *Atticistes* disaient εἰς οὐδείς, εἰς μηδείς, mais sans redoubler la négation. Grauert propose, avec grande vraisemblance, μηδ'αἱ ἵνα. 7° Les
mots λέγειν περὶ αὐτοῦ semblent faire allusion à un passage du discours de
Démosthène. Or, nous n'y lisons rien de pareil. Le texte qu'Aristide avait
sous les yeux contenait-il quelques lignes perdues pour nous ? Le sophiste
avait-il dans la pensée ce passage fameux de la harangue sur la Couronne :
Βούλομαι τι καὶ παραδόξον εἰπεῖν, κ. τ. λ. al. 59 ? 8° Enfin δικαιοῖα, pour complément apparent, μηδένα δόξαι ; mais son complément réel est πεπεῖσθαι,
le même que pour λέγειν.

A. Mai, dont je citerai quelquefois la version, peu connue en France, traduit ainsi cette phrase : « Jam vero quicumque hanc causam orare vult, is
in primis Demosthenem omni ope coercendum curabit; tum quia immunitas
civitati prorsus est inutilis, ut progrediente oratione dicam (Demosthenes
autem contraria urbi vult et exoptat, atque ita semper in rep. se gerit, ut
etiam dicat sibi esse persuasum, neminem extitisse qui hæc nova consilia
boni consuluerit : neque solum dicat, verum etiam factis demonstret) tum
quia maximum rebus nostris hinc erit damnum, si deinceps immunitas
quaquaversus urbem pervaserit. »

P. 21. *Ou le décret qu'il vous a proposé est mauvais.* — Littéralement :
ou qu'il n'a pas bien dit ces choses-là. — A. Mai : « Aut legem sine jure

fuisse perlatam. » S'il faut appliquer ces mots à la loi de Leptine, j'avoue ne rien comprendre à tout ce passage.

P. 21. *A la reconnaissance de quelques-uns de vous.* — C'est-à-dire, de ceux qui jouissaient des immunités. Χάριν καταθίσθαί τινι, placer un service dans le cœur de quelqu'un, comme un dépôt qu'on retirera. Hérodote, **VI**, 41 : δόξαντες χάριτα μεγάλην καταθίσεσθαι. Thucydide, **I**, 33 : μεγίστην χάριν καταθίσεσθαι. Démosthène emploie souvent cette locution ingénieuse, *de Rhod. Libertate ; in Aristocr.*, etc.

P. 22. *Il fallût attaquer la patrie.* — La version d'A. Mai brise sans nécessité la structure de la phrase grecque : « Neque sperassem, qui amicis opitulandum censet, ab eodem civitatem oppugnatum iri. » Le texte signifie littéralement : « Je ne croyais pas non plus Démosthène assez méchant pour, en pensant qu'il devait être l'auxiliaire de ceux-ci (des privilégiés) faire, par suite, la guerre à celle-là (à la République). » Δῷ est régi par οἰόμενον; βοηθεῖν par δεῖν; et πολεμεῖν par οὕτω ὡς.

P. 22. *Mais du fils de Chabrias.* — Il s'appelait Ctésippe. Plutarque nous le fait connaître : « Phocion s'estudia de rendre le filz de Chabrias, Ctesippus, homme de bien, quoy qu'il le veist fort dépravé et fort incorrigible; et ne cessa point, pour cela, d'essayer tousjours à le réduire et à couvrir son infamie. Toutefois l'on dit que, comme ce jeune homme estant soubs sa charge en quelque guerre où il estoit capitaine, luy rompist la teste et l'importunast, en luy faisant tout plein de questions fascheuses, s'ingerant de le vouloir conseiller, reprendre et enseigner l'office de capitaine, il ne se peut tenir de dire : « O Chabrias ! Chabrias ! je paye bien maintenant l'amitié que tu m'as portée en ton vivant, en endurant l'importunité de ton filz (1) ! » Aussi disait-on à Athènes, l'υἱὸς Κτήσιππος, pour *Tu deviendras un vaurien* (2). A. Wolf a calculé que, quand le discours de Démosthène fut prononcé, Ctésippe, très-jeune, n'avait pu acquérir ce triste renom (3). Tout porte à croire, du moins, qu'il n'avait pas encore poussé l'infamie jusqu'à vendre, pour satisfaire à ses impures prodigalités, les marbres du monument élevé par les Athéniens à la mémoire de son illustre père (4).

Si Démosthène n'épousa pas, comme on l'a prétendu, la mère de ce jeune homme (5), du moins la recherche-t-il en mariage (6) : circonstance qui,

___

(1) Plutarque, *Vie de Phocion* ; trad. d'Amyot.

(2) Menandri fragm. e fabula Ὀργῇ; apud Athen., IV, p. 166, A.

(3) *Prolegg. ad Leptin.*, note 23.

(4) Athen., *l. l.*

(5) Suid. s. v. Δημοσθ. μαχαιροποιός; t. I, c. 1258, l. 16, ed Bernh. Biogr. auon. quem in medium proferunt Reisk. *Orat. Græci*, t. IV ; Dobs. *Orat. Attici*, t. V.

(6) Plutarch, *in Demosth.*, c. 22. Cf. A. Maium, Leptineæ Aristid. note 1.

pour plusieurs écrivains consultés par Plutarque, expliquait l'intérêt que lui porta cet orateur. Reproduite par Ulpien, cette opinion semble contredite par Dinarque ; dans sa virulente et suspecte accusation contre Démosthène, cet adversaire lui reproche l'argent qu'il aurait reçu de Ctésippe pour son plaidoyer contre la loi de Leptine.

Grauert, et, d'après lui, Dindorf et Bremi lisent ἀλλ'ἀ τῷ Χαβρίου παιδί, au lieu de ἀλλά. Excellente correction, que je m'étonne de ne pas retrouver dans la seconde édition d'A. Mai.

P. 22. *Et à saluer une mesure d'une utilité si générale, etc.* — Littéralement : « Auctorique legique simul magnopere gratulantur, huic propter publicam utilitatem, illi ob ejus curandæ consilium. » Notre goût est choqué du retour fréquent de ces minutieuses divisions de parties.

P. 22. *Cet homme fait tout pour la détruire.* — Isocrate (*Archidame*), Platon (*Phédon*), Démosthène (*Plaid. contre Phénippe*), emploient πάντα ποιεῖν dans le même sens qu'Aristide. « Scio te omnia facturum, ut nobiscum quamprimum sis, » dit Cicéron, *ad Fam.*, XVI, 9. Et Ovide : « Omnia feci, ut tandem sanior essem. » *Metam.*, IX, 540.

P. 22. *Ce qu'il ignore, etc.* — Démosthène ignorait si peu cette vérité, que lui-même, dans son plaidoyer sur les prévarications de l'ambassade, cite de beaux vers de l'*Antigone* de Sophocle, où elle est développée.

P. 22. *Futile et déraisonnable.* — Toutes mes éditions donnent φλυαρίαν. Ici, cet accusatif, surtout chez un écrivain attique, est presque un solécisme ; car, l'ellipse supprimée, nous trouvons : τί φλυαρίαι ταῦτ' εἶναι ἐδόκει. De plus, comme l'observe Grauert, les orateurs emploient ordinairement ce mot au pluriel ; et Démosthène lui-même a dit, dans le discours opposé à celui-ci : Εἰ δέ ταῦτα λέγοις καὶ φλυαρίας εἶναι φήσει.

P. 22. *Tu devais le premier te lever.* — Démosthène ne se présenta qu'avec les seconds accusateurs de Leptine, et encore ne prit-il la parole qu'après Phormion.

P. 22. *Ceux-ci ou ceux-là.* — Les mots τούτους ἢ ἐκείνους sont le véritable nœud de ce passage. Par τούτους, j'entends, suivant l'usage des orateurs, les coaccusateurs *présents*, c'est-à-dire, Aphepsion, Ctésippe et Phormion ; par ἐκείνους, j'entends, avec A. Mai, les trois *anciens* accusateurs, dont l'un était mort, et les deux autres s'étaient désistés.

P. 22. *C'est toi surtout que cette affaire intéresse.* — A cause du prétendu mariage de Démosthène avec la mère de Ctésippe. Voyez l'alinéa précédent.

P. 22. *Te joindre à ces gens-ci.* — A Aphepsion, Ctésippe et Phormion. Au lieu de μετ'αὐτὸν, Niebuhr et Geel proposent μετ'ἄλλων, *avec d'autres accusateurs que les premiers. Si une correction était nécessaire, je lirais plutôt* μετὰ τούτων.

P. 23. *Et l'impuissance de tes attaques.* — La leçon κατ'αὐτὸν n'a pas de sens. Grauert remarque avec raison qu'il ne peut être question ici que de la loi de Leptine, et il propose κατ'αὐτοῦ (scil. τοῦ νόμου) que nous adoptons avec Geel, Dindorf et A. Mai.

Il y a, dans ce morceau, une réminiscence de Démosthène, qui, au commencement du discours sur la Couronne, reproche aussi à Eschine de n'avoir pas pris plus tôt la parole.

P. 23. *De la promener par de perfides détours.* — Au lieu de περιάγειν τὸν λόγον, peut-être faut-il lire περιάγειν τ. λ., comme le propose Grauert. Au § 60, Aristide dit περιάγεις τὸν λόγον.

P. 23. *Mais, entre l'accusateur et le sycophante, etc.* — Imitation de Démosthène, *De Cor.* 37 et 56. Cicéron exprime la même idée dans son discours pour M. Cœlius : « Accusatio crimen desiderat, rem ut definiat, hominem ut notet, argumento probet, teste confirmet : maledictio autem nihil habet propositi præter contumeliam, quæ, si petulantius jactatur, convicium, si facetius, urbanitas nominatur. »

P. 23. *Mais la méchanceté de l'autre est hideuse.* — Ἀπρόσωπος ἡ κακία. Cicéron semble avoir voulu lutter d'énergie avec l'épithète ἀπρόσωπις dans ce fragment du Discours *sur les dettes de Milon*, découvert par A. Mai : « Non pudet? Sed quid pudeat hominem non modo sine pudore, verum *omnino sine ore?* » Démosthène a dit dans le sens contraire, λόγους εὐπροσώπους, *de Cor.*, 49; Euripide, εὐπροσώποις ἡσσώμην, *Phoen.* 1336; Lucien, εὐπρεπεστέρον ψεῦδος, *Hermot.* 51; Libanius, *Epist.* 814, et le Scholiaste de Sophocle, sur le v. 1009 de l'*Ajax*, εὐπρόσωπος αἰτία.

Geel pense qu'Aristide avait écrit : τῷ δ'εὐπροσώπῳ ἡ κακία. *Mais la méchanceté de l'autre se couvre d'un masque gracieux.*

P. 23. *Le sycophante.* — Par une de ces combinaisons de mots artificielles, que je n'ai pas le courage d'imiter toujours, Aristide place trois fois en quatre lignes συκοφαντῶν, συκοφαντία, συκοφαντίας.

Συκοφάντης signifie littéralement, *qui dénonce les figues.* Pour expliquer l'origine de ce mot, on a prétendu qu'une ancienne loi prohibait l'exportation des figues de l'Attique; que, de là, le nom s'appliqua à ceux qui dénonçaient l'exportation de toute marchandise prohibée, et enfin à toute espèce de dénonciation (1). En supposant qu'une telle prohibition ait eu

_____

(1) Plutarch. *in Solone*, et περὶ Πολυπραγμοσύνης. Athen. l. III, c. 2 et 3. —

lieu, peut-être le législateur avait-il en vue la propagation de ce fruit, lorsqu'il était encore très-rare. Cette conjecture perce dans le Scholiaste de Platon, qui place l'origine du nom de Sycophante à l'époque où le figuier venait d'être trouvé dans l'Attique, et où il ne croissait point ailleurs. Une version plus probable veut que, dans un temps de famine, le besoin ait fait dérober les fruits des figuiers sacrés, et qu'après qu'on eut senti la colère des dieux, on ait dénoncé ceux qu'on soupçonnait de ce sacrilége (1).

Les sycophantes étaient très-dangereux. Dans la comédie de *Plutus*, un honnête homme, muni d'un anneau magique, exprime sa sécurité. « Mais ton anneau n'est pas à l'épreuve de la morsure du sycophante, » répond Chrémyle.

Dans la démocratie athénienne, on pouvait être dénoncé pour une proposition de loi, pour un acte d'administration, pour le refus d'un service public, pour ses paroles, pour son silence. Les sycophantes en vinrent à satisfaire leurs vengeances personnelles, en accusant des innocents, et à s'enrichir en rançonnant de riches coupables. Aussi, cette dénomination fut bientôt une flétrissure, et s'appliqua à tous les délateurs mercenaires. Aristide, employant ce mot contre Démosthène, semble partager la prévention de Dinarque, qui prétend que cet orateur s'était fait payer par Ctésippe.

La Fontaine emploie le mot *sycophante* dans le sens de *fourbe :*

Guillot le sycophante approche doucement.
(Liv. III, fable 3).

P. 23. *Cet homme, ô Athéniens! l'accuse, etc.* — Démosthène, dès le début de son discours, conclut d'une grave objection qu'il met dans la bouche de Leptine, que celui-ci tendait à enlever au Peuple l'exercice de ses droits.

P. 23. *C'est l'athlète qui, dans sa lutte contre un adversaire, etc.* — La locution περὶ ἀνταγωνιστὴν ἔχων paraît incomplète à Grauert, à Niebuhr et à Geel. Le premier ajouterait volontiers ἄπορος ou ἄναλκις; le second, ἄθλοι; le troisième, ἐλάττων. Ainsi complétée, cette partie de la phrase se traduirait : « Étant impuissant ou trop faible contre un adversaire, etc. » Je crois qu'il ne manque rien, et qu'Aristide, d'après le goût de son temps, emploie ici une expression poétique. On trouve dans Homère ἔχω pris pour ἀντέχω. *Iliade*, XX, 27 :

Οὐδὲ μίνυνθ' ἕξουσι ποδώκεα Πηλείωνα.

« Ils ne résisteront pas un moment à l'impétueux fils de Pélée. » Ἕξουσι est évidemment pour ἀντιστήσονται. Seulement, pour tempérer cette har-

Hume dit plaisamment que les Athéniens trouvaient leurs figues trop délicates pour des palais étrangers.

(1) Schol. Aristoph. *ad Plut.* v. 31 et 874. Note tirée de la Traduction d'Aristophane, par M. Artaud.

diesse, ou pour être plus clair, Aristide aurait ajouté la préposition πρός. Nous disons de même, *tenir contre quelqu'un.*

P. 24. *Tu façonnes les accusations les plus creuses.*—Πλάττειν διακενῆς, locution technique, employée ici métaphoriquement. Au propre, *modeler en creux* un buste, une statue. Aristide semble comparer les accusations de Démosthène à des têtes sans cervelle. Grauert cite ce passage de Denys d'Halicarnasse : Καὶ μυρίους ἄλλους διακενῆς ἀπεπλάττομεν ὑμῖν αὐτοῖς φόβους. A. R., liv. VI , pag. 346 , l. 29.

P. 24. *Ou tu n'as nullement parcouru le texte de cette loi.* — Aristide renvoie à Démosthène, mais en l'émoussant, un trait qu'il a lancé. Cet orateur avait reproché à Leptine de n'avoir pas lu les lois de Solon.

P. 24. *Leptine venait de le prendre dans tes mains.* — Si ἤδη n'était point opposé à πάλαι, il serait ici synonyme de εὐθύς : ἤδη παραλαβών, *aussitôt après s'être saisi.* Si ce participe n'offrait pas un sens excellent, peut-être faudrait-il lire προλαβών, *s'en étant saisi le premier.* A. Mai, qui traduit par *præripuisset*, semble avoir eu cette correction dans la pensée : mais gardons-nous de l'admettre.

P. 24. *Avec droiture.* — Καθαρῶς, *candide, en saine conscience,* comme traduit H. Estienne. Voyez des exemples analogues dans son *Thesaurus*, édit. de M. Hase, t. IV, col. 770 , A.

P. 24. *Nul doute que ni Leptine, ni tout autre défenseur de sa loi, etc.* — A. Mai et Grauert conjecturent qu'Aristide voyait dans ces paroles de Démosthène un défi auquel il devait répondre. Le sophiste semble, du moins, se les appliquer, quand il dit dans son exorde, εἴ τις ἄλλος ἰσχυρίζειν ἀξίου.

P. 24. *Des hommes de rien.* — Ἀναξίους τινάς, *obscuros quosdam* (A. Mai). Ἀνάξιος signifie *indigne* et *sans crédit.* Démosthène a employé ce mot dans le premier sens ; mais Aristide feint de croire qu'il y attachait, au contraire, la seconde acception. Au rhéteur maladroitement rusé ne peut-on opposer ses propres paroles, et lui dire : Οὐδὲν ἴσται πλέον ταῦτα σοὶ τεχνωμένῳ ?

P. 24. *L'orateur qui s'efforce de torturer la vérité.*—Τἀληθῆ διαστρέφειν, vive et forte image, empruntée à Démosthène, *de Cor.* 46. Isée avait déjà dit, dans son plaidoyer sur la succession d'Hagnias : δεινὸς διαβάλλειν καὶ τοὺς νόμους διαστρέφειν.

Tordre une vérité, pour en extraire un crime,

dit Barthélemy, dans la *Némésis.* On lit dans un Mémoire de Beaumarchais : « Comme on ne peut tordre mes intentions, et donner à mes sacrifices d'argent la tournure de la corruption , etc. »

P. 24. *Au profit de Ctésippe.* — Καὶ τὴν αἰτίαν Κτησίππου εἶναι. *Et tota rei causa Ctesippus est.* A. MAI.

P. 25. *Si nous avions à faire une enquête sur la naissance.* — Littéralement : *Si l'enquête de la naissance était mise sur le tapis,* προύκειτο.

P. 25. *Alors que les honneurs doivent être accessibles à tout citoyen.* — Ici, ἔνθα ne désigne pas le lieu, Athènes, quoique le sens qui en résulterait soit raisonnable. Les orateurs, Démosthène surtout, emploient souvent ce mot comme adverbe de temps, de circonstance, etc. Or, Aristide vient de dire qu'il ne devait pas être fait mention de la naissance dans un procès relatif aux immunités : οὐδὲ.... τῶν πραγμάτων ἀξίως, *neque ex rei præsentis dignitate.*

P. 25. *En effet, si nous avions... Mais, si les récompenses, etc.* — Aristide emprunte ici à son modèle la forme périodique d'argumentation, εἰ μὲν... εἰ δέ; ἐὰν ou ἢν μὲν...., ἢν ou ἢν δέ, qui fait ressortir la vérité par le contraste de deux hypothèses, dont la seconde est seule admise par celui qui parle. Cicéron et nos grands orateurs en offrent de beaux exemples. En voici un, qui mériterait d'être plus connu, et que je tire des *Mémoires justificatifs* de Fouquet : « Si la longueur du temps que l'on emploie à chercher des témoins, des faits, des pièces, et la multiplicité des chefs d'accusation contre un homme, le rendent coupable, jamais aucun ne l'a été tant que moi. Mais, s'il faut des preuves concluantes et solidement établies par audition de témoins non suspects, par des procédures en bonne forme, faites sans violences, sans intimidation, sans surprise, dans les termes et règles ordinaires de la justice, par des magistrats fondés de juridiction légitime, non choisis ni affectés : alors toute la France jugera certes que l'on a eu grande passion que je fusse criminel, mais qu'en réalité je ne le suis pas. »

P. 25. *Le fils d'une déesse, le soldat obscur, etc.* — Ἐπειδὴ ὁ μὲν ἐκ θεῶν, ὁ δ' οὐ τοιοῦτος. A. Mai traduit : « Quamvis ille divino genere ortus, hic autem secus. » *Quamvis* est un contre-sens : il faudrait *propterea quod*, comme Grauert l'a remarqué. Cet éditeur part de là pour proposer la suppression de ces mots, comme interpolés et présentant une idée absurde ; Geel et Dindorf se rangent à son avis. J'essaie de les conserver à l'aide d'un point d'interrogation. Littéralement : *A quel titre Achille mériterait-il plus que Thersite la reconnaissance des Hellènes, si tous deux vainquaient également les Troyens ? est-ce parce que l'un descendait des dieux, tandis que l'autre n'avait pas cet avantage ?*
Homère dit de Thersite : Αἴσχιστος δὲ ἀνὴρ ὑπὸ Ἴλιον ἦλθεν. *Iliad.* II, 216.

P. 25. *Si les citoyens hautement considérés, etc.* — L'étrange équivoque,

remarquée plus haut sur le mot ἀναξίας, est appliquée ici au simple
ἀξίας.

P. 25. *D'une fuite obstinée on fuira*, etc. — A. Mai : « Verum solo
vertendo functiones vitabunt. » Je ne crois pas que φυγὴ signifie ici *exil*.
Aristide, en effet, n'a pu dire que les citoyens exemptés, οἱ μὲν ἀτελεῖς, se
banniront pour étendre leurs dispenses même à l'impôt sur les biens-fonds,
καὶ τὰς εἰσφοράς. S'ils ne l'avaient pas fait jusqu'alors, pourquoi le feraient-
ils? L'émigration des Athéniens non privilégiés n'a pas pu entrer davantage
dans la pensée du Sophiste, puisqu'il nous représente dans la phrase suivante Athènes en proie aux discordes intestines. Dans φυγῇ τὰ πράγματα
φεύξονται je ne vois donc qu'un de ces pléonasmes de bon aloi, fréquents chez
les écrivains grecs. Grauert cite : φεύγων φυγῇ τὸ γῆρας, Plat. *Sympos.* p.
195; ἡ δὲ [δύναμις τοῦ σέζουςγενέσθαι] φυγῇ φεύγει τότε, Auct. Epitom. page
974, B. Dans une de ses phrases les plus travaillées, Pascal dit du *terme où
nous pensions nous attacher :* « Il glisse, et fuit d'une fuite éternelle. » (*Des
Pensées de Pascal*, par M. Cousin, p. 128 et 296, 2ᵉ édition).

P. 25. *Supposons ensuite que quelques hommes remplissent les charges,
etc.* — A. Mai : « Sed fac aliquos muneribus fungi, nempe eos quos immunitas non excludit. » Ἐξ ἀτελείας, *en vertu de l'immunité.* — Quelques lignes
plus haut, après Κἀντεῦθεν, je lis, avec Geel, τούτοις μὲν, au lieu de τὰς μέν.

P. 26. *Nous reprocher dédaigneusement d'avoir préféré la moitié au
tout*, etc. — Littéralement : *Que nous ayons préféré un gain simple à un
double profit ; et que, tandis qu'il fallait jouir de notre prospérité par l'un et
l'autre moyen, nous ayons pensé ne devoir en jouir qu'en partie.*

P. 26. *Aucun des avantages que Démosthène se fatigue à nous étaler.*
— On peut voir dans les notes de Grauert, p. 95, les divers sens de ἄνω
καὶ κάτω, et les exemples dont il s'appuie. Ces mots équivalent ici à notre
locution familière, *en se mettant sens dessus dessous.*

P. 26. *Athéniens intelligents, que la nature et l'éducation*, etc. —
Οἴκοθι, *domesticis institutis.* — « Il est parmi vous, dit Démosthène aux
Athéniens, des citoyens capables de vous conseiller dignement ; et, pour
juger leurs paroles, vous êtes les plus pénétrants de tous les hommes. »
IIIᵉ *Philippique.*

P. 26. *Seule, elle nous offre un solide appui,* etc. — Littéralement :
*Seule fournissant au plus haut degré le secours suffisant, sûr, et applicable
à toutes nos affaires.*

P. 26. *Tels sont les heureux avantages qu'après Minerve nous devrons
à cette loi.* — Μετὰ τὴν τῆς Ἀθηνᾶς ἰσχὺν, cum Minervæ nutu. Ποτέ, mou-

vement d'une balance; et , par suite, influence , etc. Démosthéné en pré-
sènte plusieurs exemples. Libanius, *Epist.* 379 : τὸι τῆς Ἀθηνᾶς προσλαεέισα
μεπέι, *celui qui a mis Pallas dans son parti.* St. Jean-Chrysostome : ἡ
ἄρω ροπή, *la divine impulsion.*

P. 26. *Et presque toujours le rapporte à soi-même.* — Διὰ πάντων,
omni tempore modoque. Dans Hérodote , V, 67 , on trouve ces mêmes mots
avec le sens de *præ omnibus.*

P. 26. *Car cette réunion seule rend une action excellente.* — Βούλεται
μὲν γὰς, καὶ μάλα βούλεται. De même , plus bas, χρὴ μὲν οὖν, καὶ μάλιστα
χρὴ. Libanius , imitant Démosthène : οὐκ ἐστι ταῦτα, οὐκ ἔστιν. Dinarque ,
in Demosth. : δίκαια μὲν οὖν, δίκαια τρόποι γέ τινα πάσχει τὸ συνέδριοι.
A. Mai traduit ainsi la fin de cette phrase : « Neque hac in parte deficere,
quam optimam solam existimaut. » Contre-sens. D'abord , le savant traducteur confond τούτου τοῦ μέρους et ταύτην πρᾶξιν , qui n'ont rien de commun.
Μέρους se rapporte à δικαίου, et voici le sens littéral de toute la proposition
où il se trouve : *Les hommes désirent beaucoup rencontrer aussi dans leurs
actions le juste* (opposé à l'utile), *et ne rien manquer de cette partie-là.*
Ensuite , le dernier membre de phrase est elliptique : ὡς μόνην ταύτην οὖσαν
πρᾶξιν ἀρίστην, sous-entendu , ἐν ᾗ μηδὲν ἐλλείπει τοῦ συμφέροντος μήτε τοῦ δικαίου.
*Vu que cette action-là seule est excellente, qui réunit tout l'utile et tout
le juste.* Sur ὡς construit avec le participe , voyez la Grammaire de Matthiæ , § 568 ; et sur l'emploi de l'accusatif absolu dans cette construction ,
ibid, 3°. Aristide en offre encore un exemple plus bas : ὡς οὐ μικρὰν ταύτην
οὖσαν τοῖς πράγμασι βλάβην. Enfin, la phrase d'A. Mai, combinée avec la suivante , implique contradiction , comme le lecteur le reconnaîtra aisément.

P. 27. *Ou inutile à nous-mêmes , ou nuisible.* — Grauert rend ici οὐδὲ
τὴν ἀρχὴν par *neque omnino*; A. Mai, par *ne principio quidem.* La première
interprétation est seule vraie.

P. 27. *De Margitès.* — On a reconnu récemment, dans des peintures
antiques, que les Romains avaient leur *Polichinelle :* Margitès était le Jo-
crisse ou le *Nicaise* des Grecs. Recueillons quelques traits sur ce personnage
symbolique , dont le nom était devenu proverbial.
Margitès (R. μάργος, *stolidus*) est un de ces sots savants, *plus sots que
les sots ignorants.* « Il savait beaucoup de choses, dit Homère dans un
fragment du poème satirique qu'Aristote lui attribue, mais il les savait toutes
mal... Les Dieux ne le firent point ouvrier, ni laboureur, ni même habile
en rien; dans tous les arts il manquait d'adresse. » Le mot, *Croyez-vous
parler à un imbécile?* se rendait par Οἴει Μαργίτη διαλέγεσθαι τινι; Luc.
Hermotim. c. 17. Selon Suidas, un autre Margitès était incapable de comp-

ter au-delà du nombre cinq ; il disait un jour à sa mère : Est-ce papa qui est accouché de moi? Nouveau marié, il n'osait approcher de sa femme : Si tu y touches! lui criait sa belle-mère d'un ton menaçant. Les farces italiennes, plus décentes, se contentent de présenter un Gilles affamé qui ouvre de grands yeux devant un bon dîner servi pour un autre.

P. 27. *Si même l'avantage d'avoir perfectionné la première, etc.* — Démosthène avait dit, au sujet des contributions en argent et des charges navales : Οὐδεὶς ἰσ?'ἀτελὴς ἐκ τῶν παλαιῶν νόμων, *les anciennes lois n'exemptent personne.* Etendant cette disposition à toutes les charges indistinctement, la loi de Leptine la perfectionna. Voici donc comme j'entends cet obscur passage d'Aristide, en m'écartant du non-sens de la version d'A. Mai : *La règle que nos plus vieilles lois laissèrent incomplète et relâchée* (παρεῖσαι, *remiserunt*), *cette loi-ci a trouvé moyen de la perfectionner* (ἐξεῦρε καὶ διωρθώσατο, pro ἐξεῦρε τὴν διόρθωσιν).

Voici, du reste, la version d'A. Mai : « Quæ in illis prætermissa sunt, hæc invenit vel emendavit. »

P. 27. *Comme si nous avions peur de paraître servir notre patrie!* — Τὴν ὑμῶν αὐτῶν. Le mot γῆν est sous-entendu. Ellipse fréquente, surtout dans Thucydide. Par une analogie qu'on n'a pas encore, je crois, remarquée, le génitif a ici la propriété d'exprimer le rapport de maternité, comme dans 'Ολυμπίας, ἡ τοῦ 'Αλεξάνδρου.

P. 27. *Jouir tous également des avantages que procure la cité.* — Avantages plus grands à Athènes qu'ailleurs, car ils étaient aussi *pécuniaires.* Le citoyen athénien était payé sur le Trésor pour remplir ses devoirs de législateur, de juge, d'ambassadeur, même pour assister au spectacle.

P. 27. *Satisfaire à des obligations moins graves, etc.* — Remarquez l'emploi tout attique de πρεξεῖν pour παρέχειν, *præbere.* Les Attiques disaient aussi dans le même sens, εἰςφέρειν, συντελέσειν, χερηγῖν, τελεῖν, termes empruntés à la langue fiscale. Κίνδυνον, πόνον, ne passent ici comme régimes de πρεξεῖσθαι, qu'à l'aide du régime le plus proche, ἀξίλειαι. On trouve souvent chez les bons écrivains latins et français cette *curiosa felicitas* dans l'alliance des mots.

P. 27. *Pas un!* — Cette conséquence paraîtra forcée. Le sophiste veut-il dire que, peu à peu, chacun se dispensera soi-même?

P. 28. *Digne d'être confirmée sans obstacle.* — Je copie la note de Grauert : « Μετὰ παντὸς τοῦ συγκεχωρηκότος. Putes a masculo genere ductum; et sic Maius : *Digna profecto crit, quæ nemine repugnante jubeatur.* Sed neutrum genus subesse fidem facit et hic nostræ orationis locus, § 73, ἐ γὰρ ταζ᾽ὁμᾶν τὶ συγκεχωρηκὸς ἰσχυρός, et ille Demosthenis, qui obversari nostro poterat, *in Mid.* τοσοῦτει τᾶς πολιτείας ἐν ἰκάσ᾽ῳ τις ἂν ὑμῶν ἰδοι συγκεχωρηκός. »

P. 28. *Le seul avantage.... c'est un moyen de récompense.* — La leçon vulgaire ἐκ μὲν ἀτελείας ἴσο᾽᾽ι est incorrecte. J'adopte la très-légère correction de Grauert, appuyée sur deux exemples d'Aristote, ὃν ἰσ᾽ι. Voyez l'édition du professeur de Bonn, p. 98.

P. 28. *Pour les bons serviteurs il est d'autres salaires.* — Cette objection est présentée d'avance et réfutée par Démosthène, dans le discours auquel celui-ci est censé répondre.

P. 28. *Qu'y gagnera-t-elle?* — Οὐδὲν αὐτῇ πλέον ἴσο᾽αι. D'après l'hypothèse hyperbolique qui précède immédiatement, je préfère, avec Geel, la version de Mai, *nihilo melius erit illi,* à celle que Grauert veut y substituer, *nihil ipsi reliquum erit.*

P. 28. *Si l'on ne doit plus exercer de magistratures populaires, etc.* — Toutes mes éditions donnent εἰ γὰρ μήτε δημαγωγεῖν δεῖ. Cependant la *démagogie* n'était pas une *liturgie.* Ce qui y ressemblait un peu plus, c'était la fonction d'orateur, δημηγορεῖν, mot qu'il faut peut-être rétablir ici. Plus bas, Aristide, énumérant les charges remplies par Démosthène, le représente δημηγορῶν.

P. 28. *Vrai soutien des républiques.* — A. Mai fait de συσ᾽άσεις le sujet de ἑοικέναι, suppose un autre sens au premier de ces mots et à δέξομεν, et traduit : « Civitatum quidem congregationes nihil aliud esse putabimus quam veluti corpus, etc. » Je lis et j'interprète ce passage d'après Grauert, Dindorf et Bremi.

P. 28. *Car le corps n'est pas plus servi par tous ses membres, etc.* — Aristide pensait-il au célèbre apologue de Ménénius Agrippa?

P. 28. *Du titre de bienfaiteurs d'Athènes.* — La qualification honorable de εὐεργέτης était publiquement décernée à Athènes, comme celle de ἀγαθοεργὸς à Sparte, aux citoyens qui avaient rendu à la patrie des services signalés, principalement à la guerre.

P. 28. *Cynégire... Callimaque.* — Cynégire, frère du poète Eschyle, a laissé dans l'histoire une trace ineffaçable. Hérodote raconte qu'à Marathon, comme les Perses vaincus se jetaient précipitamment sur leur flotte, cet Athénien, entraîné par son ardeur, saisit la poupe d'un des navires pour l'arrêter ; qu'il eut le bras coupé, et fut achevé par les ennemis (1). Cyné-

(1) Herod. l. VI, c. 114.

gire, selon Justin, eut les deux bras coupés l'un après l'autre, et, saisissant avec ses dents la poupe du vaisseau, il ne lâcha prise que lorsque, d'un coup de hache, un Perse lui eut tranché la tête (1).

Callimaque est désigné comme Polémarque (troisième archonte, chargé, dans le principe, de l'administration de la guerre) par Hérodote, Pausanias, Plutarque, Athénée, et par plusieurs autres écrivains. Aussi ai-je adopté la leçon de Grauert, Καλλιμάχῳ τῷ πολεμάρχῳ, que Geel approuve, et que reproduisent A. Mai et Bremi. L'édition *princeps* donne : Καλλιμάχῳ τῷ Πολιμάξχου, *Callimaque, fils de Polémarque.* Je ne repousse cette leçon qu'avec doute : 1° On trouve Πολίμαχχος, nom propre, dans Athénée (2); 2° Dans cette même phrase d'Aristide, Thémistocle, Pausanias et Cynégire viennent d'être désignés avec les noms de leurs pères; 3° Dindorf a cru devoir conserver la leçon primitive.

P. 29.   *Quel dommage en résultera-t-il?* — Grauert et Bremi, λυμήνται. A. Mai, λυμήναιτο. Dindorf, λυμήναιτο.

P. 29.   *En plaçant au-dessus de tous les devoirs du citoyen.* — A. Mai traduit : « Sane, si ea facinorum nobiliora habentur ac laudabiliora, quorum dii nobis auctores sunt, sine dubio necesse est civilia ministeria rebus omnibus anteponere. » Les mots du texte, οὐκ ἂν φθάνοιμεν ὡ ἴσθι, n'ont rien de commun avec *sine dubio necesse est.* Grauert : « At vero, si rerum humanarum cæ pluris sunt, iisque præ ceteris laudes debentur quarum dii auctores sunt, non anteponeremus munera subire cuilibet rei alii. » Jugeant qu'il y a ici un non-sens, le professeur de Bonn propose de substituer καὶ εἰ μὴ à καὶ μὴ εἰ, ou d'intercaler ἀδίκως entre οὐκ ἂν et φθάνοιμεν. Il me semble qu'aucune correction ni addition n'est nécessaire, et que l'on obtient un sens raisonnable en traduisant φθάνειν par *être le premier à faire ou à dire,* acception fréquente de ce verbe. Voyez les lexiques, la Grammaire de Matthiæ, § 553, γ, et l'*Index Græcitatis Demostheneæ* de Reiske. Geel pense aussi que le texte est correct, et il traduit, *non cessabimus anteponere,* i. e. *quantocyus anteponemus.* Mais *cessabimus* exprime le contraire de ἂν φθάνοιμεν; et, dans la seconde forme de cette version, la négation οὐκ n'est pas rendue.

P. 29.   *Maîtres de l'univers, les Dieux, etc.* — Si ce galimatias impatiente le lecteur, qu'il me remercie de n'avoir pas traduit plus littéralement. Voici la pensée du sophiste, réduite à sa simple expression : « Dans un État, chaque citoyen doit contribuer au salut commun, comme, dans le

_____

(1) Just. l. II, c. 9.
(2) *Deipnos.* III, p. 111, C.

monde, la Providence pourvoit au salut de l'humanité. » Aristide prétend que les charges publiques sont de droit divin, et il se met l'esprit à la torture afin d'appliquer aux Dieux ces termes empruntés aux liturgies, ὑπιστύσατο, εἰσήνεγκαν, λειτουργίαν, χοργεῖν. Pour aider ceux qui seraient curieux d'éplucher cette période asiatique, je transcris la version d'A. Mai : « Siquidem rerum omnium domini dii ac genii non solum quod a principio universam rerum naturam crearunt, magnum hoc et præclarum invexerunt docueruntque vitæ ministerium; sed quia nunc etiam in eo instituto manentes, tantam nostri curam providentiamque semper præ se ferunt, nihil est eorum quæ ad conservationem nostram salutemque pertinent ullo modo desit; immo vero etiam uberius, et supra quam exspectare liceret, sua nobis bona communicent. »

P. 30. *Privés du céleste secours, etc.* — Grauert et Bremi : τῆς δίχα τούτων προνοίας. Cette position de δίχα, quoiqu'elle se trouve dans l'édition *princeps*, est tout-à-fait insolite. Dindorf et A. Mai, 1831 : δίχα τῆς τούτων προνοίας.

P. 30. *Ne déclares-tu pas la guerre aux Dieux?* — Isée (*plaid. pour la succession de Cléonyme*), Δεινίω πολεμῶν. Démosthène (*Har. sur la Cour.*), πολεμεῖν καὶ διαφέρεσθαι τούτοις. Himérius, sophiste postérieur à Aristide de deux siècles : πόλεμοι ἀπειλεῖ καὶ μάχαι τοῖς νόμοις ὅλης τῆς φύσεως (*Ecl.* III, 7).

P. 30. *Nous punissons de mort, as-tu dit, etc.* — Voyez les dernières lignes du discours opposé de Démosthène.

P. 30. *Quand Athènes réclamera ses services.* — Ἐν τῷ τῶν πραγμάτων ἀπαιτοῦντι. Par un tour semblable, Aristide dit, dans son *discours contre la Loi de Leptine*, ἐν τῷ τοῦ καιροῦ καλοῦντι.

P. 30. *Si donc nous avons ces choses à cœur, etc.* — Aristide ne cite pas ici un passage déterminé de Démosthène; mais il reproduit l'argumentation sommaire d'une partie de son discours.

P. 30. *C'est l'amour.* — Le mot φίλτρον ne commença à être employé dans ce sens que postérieurement aux grands orateurs. Libanius (*discours pour Aristophane*), τῷ περί σε φίλτρω.

P. 30. *Heureux d'avoir servi la patrie.* — Littéralement : « Sed sibi sufficere existimarunt, quod ita fortuna civitatis per eos constituta esset. »

P. 30. *Tu devais préférer à tout les intérêts d'Athènes.* — Or, il importe à Athènes qu'il n'y ait point de dispenses : tel est le complément sous-entendu.

5

P. 3o. *Toi-même, qui places toujours l'utile en première ligne.* — La politique habituelle de Démosthène est, au contraire, celle du devoir. D'ailleurs, le fait qu'Aristide va citer est entièrement étranger à cet orateur. Niebuhr pense donc que le sophiste parle ici de la politique du peuple athénien, et il propose d'ajouter ὁ δῆμος après αὐτός, correction matérielle, que Geel approuve, mais trop considérable pour être admise.

P. 3o. *Violateurs des traités, les Corcyréens, etc.* — Les Athéniens contractèrent une alliance pour se défendre réciproquement contre ceux qui attaqueraient soit Corcyre, soit Athènes, ou quelqu'un de leurs alliés. Ils sentaient bien que, malgré ce ménagement, ils auraient la guerre avec le Péloponnèse ; et, pour cette raison, ils voulaient ne pas abandonner aux Corinthiens Corcyre, qui avait une marine si florissante, mais mettre aux prises ces deux peuples autant que possible l'un contre l'autre, afin qu'Athènes pût, au besoin, combattre les Corinthiens et les autres peuples possesseurs d'une marine, lorsqu'ils seraient affaiblis. D'ailleurs, l'île de Corcyre leur paraissait commodément située sur la route de l'Italie et de la Sicile. » Thucydide, l. I, c. 44 ; trad. de M. Didot. Cf. Ulpianum, *præfat. ad Olynth.* Cette alliance entre Athènes et l'île de Corcyre, aujourd'hui *Corfou*, eut lieu Olymp. LXXXVI, 1 ; 436 ans av. J.-C. Le traité violé par les Grecs de Corcyre les liait aux Corinthiens.

P. 3o. *Pourquoi cette défense n'est-elle pas précisée, etc.* — Démosthène avait dit : « Pour toutes les charges de métèques ou de citoyens, on peut obtenir la dispense que Leptine supprime. Mais de toutes les contributions, de tous les armements de vaisseaux qui concernent la guerre et importent au salut de l'État, les anciennes lois, justes et sages, n'exemptent personne. » N'était-ce pas déclarer implicitement que ces lois, oubliées ou perdues à l'époque d'Aristide, admettaient les immunités ? S'il en est ainsi, cette prolepse de sophiste, dont le sens est laborieusement débattu entre Grauert et Geel, n'offre plus qu'un pastiche insignifiant.

P. 31. *Eh! mon ami, etc.* — ὦ τάν. Apostrophe familière, et parfois légèrement dédaigneuse, que Dindorf écrit ὦ τᾶν, et qui s'employait surtout au commencement d'une objection ou d'une réponse. *O bone! mon cher.* La seconde syllabe paraît représenter, par élision, ἰτᾶν, vocatif dorien de ἔτης. Du reste, les grammairiens ne s'accordent pas sur l'analyse de ce mot. Les Grecs s'interpellaient encore par ὦ 'γαθέ, ὦ οὗτος, ὦ φίλε, ὦ τάλας, ὦ μέλει.

P. 31. *Ainsi l'exige l'esprit de la loi, etc.* — « Jura constitui oportet, ut dixit Theophrastus, in his quæ ἐπὶ τὸ πλεῖστον, id est *ut plurimum*, accidunt, non quæ ἐκ παραλόγου, id est *ex inopinato*. » (Dig. l. I., t. III, 3.) « Τὸ γὰρ ἅπαξ ἢ δίς, id est *quod enim semel aut bis existit*, ut ait Theophrastus, παραβαίνουσιν οἱ νομοθέται, id est *praetereunt legislatores.* » (Ibid., 6.)

Dans la pensée d'Aristide, *l'usage*, c'est l'exercice des charges, *l'exception*, c'est la dispense.

P. 31. *Car même ce qui est le plus fortement tendu, etc.* — Le tour amphigourique de ce passage y jette une obscurité ténébreuse. Impossible, d'ailleurs, de savoir à quel texte de loi ces mots font allusion, ἐν αὐτοῖς τούτοις εἴρηται, *in ipsis legibus dictum est.* Je me suis rapproché du littéral autant que le bon sens et le besoin de clarté l'ont permis. Quant à σφόδρα διατεινομένων, que Mai traduit par *valde occupatorum*, et Grauert par *vehementer allaborantium*, j'y vois, en préférant l'acception étymologique, une métaphore belle et claire sur l'application des lois. Littéralement : *C'est l'inconvénient des choses le plus fortement distendues, de ne pouvoir atteindre à toutes les extrémités.*

P. 31. *Et c'est le témoignage de tous les pays, de tous les temps.*— A. Mai : « Ut universi temporis tractus jamdiu declaravit. » C'est se mettre à l'aise. Παντοδαπός signifie *de tout pays* et *de toute sorte.* La seconde acception produirait ici un non-sens. Je crois donc que ὁ πολὺς καὶ παντοδαπὸς χρόνος est pour ὁ πολὺς χρόνος καὶ τὸ πᾶν δάπεδον.

P. 31. *Mais ce qu'il dit a droit à tous nos respects.* — Ce passage est gravement altéré dans la version du savant Cardinal. On peut le calquer ainsi : « Insuper, non omne quod legibus praetermittitur, id continuo est ineptum, nec ob eam solam rem inter ea est, quibus interdictum est uti, neque vituperantes omnes habet; et rursus contraria plurimi fiunt. »

P. 31. *Des lois inutiles, qui n'en gardent pas moins leur place, etc.* — Νόμων σώζοντας τάξιν, expression empruntée à la stratégie, et familière aux orateurs attiques. — *Et des travaux, etc.* « Sunt item actus exleges, qui tamen haud minus legibus bonam nobis conficiunt fortunam.» *A. Mai.*

P. 32. *Non contentes de nous y appeler vivement par leurs perpétuelles exhortations, etc.* — Ἐξ ὧν ἱκάστοτε παρακαλοῦσι, *perpetuis adhortationibus.* Nous avons déjà vu οἷς, διὸ ὧν, ἐξ ὧν, employés avec la signification de ἐξ ὧν. — *Elles se rangent, etc.* Voilà une pensée bien alambiquée !

P. 32. *C'est pour son jeune ami, le fils de Chabrias, etc.*—Aristide suppose toujours Démosthène plus vieux qu'il n'était, et mari de la veuve du général Chabrias. Les mots τὸν ἑαυτοῦ παῖδα signifient à la fois son *beau-fils* et son *mignon*, plaisanterie conforme à l'infamie de certaine passion grecque.

P. 32. *La cause de ton ami.*— Τὰ γε σὰ παιδικά, *pusionem tuum.* Voyez la note précédente.

P. 32. *Devant la loi, etc.* — Grauert explique παρὰ τοῦτο par π ρξὰ τὸ κατὰ νόμους εἶναι.

P. 32. *Le premier, source inépuisable de notre longue prospérité, etc.* — Τῆς καλλίστης καὶ γιγνομένης τύχης. Ici, καὶ rend nulle la signification de γιγνομένης: et j'adopte, avec Geel, la correction de Grauert, ἀεί.

P. 32. *Une invention d'hier.* — Χθὲς καὶ πρώην εὑρέθη. Démosthène rapproche aussi ces deux adverbes, *pro Cor.* 41. On trouve dans Homère Χθιζά τε καὶ πρώϊζα, *Il.* II, 303.

P. 33. *Lors même que nos lois l'auraient admise.* — Je lis εἰ καὶ τοῖς ὑμοις ἡμῖν, au lieu de εἰ δέ ou εἰ δή. Sur ce changement que Geel repousse, on peut consulter Schæfer, *Melet. crit.*, pag. 59. — La répétition τοῖς νόμοις, τῶν νόμων, semble vicieuse. Au lieu de ces deux derniers mots, Geel propose τὸ ὄνομα, *ipsum nomen* ἀτελείας *penitus delendum esse.*

P. 33. *Réunir une immense majorité.* — Si le mot ψηφισμάτων ne signifie jamais, comme je le crois, *suffrages*, il est aisé de voir que cette partie de phrase, ainsi lue, n'offre aucun sens. Je proposerais donc ψήφων. A. Mai traduit : « Maximo suffragiorum numero comprobandam. »

P. 34. *Juge d'ailleurs quel est mon étonnement, etc.* — Grauert : Εἶτα θαυμάζειν ἔπεισί μοι, πῶς οἴει. ἔτι σοι, κ. τ. λ. Et plus bas : οἱ δὲ πῶς οἴει καὶ τύχην, κ. τ. λ. Ni cet éditeur ni A. Mai ne me semblent avoir compris ici le sens de πῶς οἴει, qui se lit encore vers la fin de cet alinéa. C'est une courte interrogation admirative, θαυμαστικόν, comme disent Suidas et les scholiastes, équivalant à λίαν, *magnopere*, et dégagée, comme une parenthèse, de la construction de la phrase où elle se trouve. Théophraste, *Caractères*, c. 8 : Καὶ ταῦτα διεξιών, πῶς οἴεσθε; πιθανῶς σχετλιάζων ἐπάγει, κ. τ. λ. Et, *après avoir débité cela (de quel ton croyez-vous?) il ajoute avec des lamentations capables de persuader, etc.* On employait de même πῶς δοκεῖς, et πόσον δοκεῖς; Euripide, *Hécube,* v. 1100; édit. de Bothe :

> Κᾆτ᾽ἐκ γαληνῶν, πῶς δοκεῖς; προσφθεγμάτων
> εὐθὺς λαβοῦσαι φάσγαν᾽ἐκ πέπλων ποθέν,
> κεντοῦσι παῖδας.

Et ensuite (le croirez-vous?) après ces douces paroles, elles tirent de dessous leurs robes des poignards, et percent mes enfants. Voyez aussi *Hippolyte*, v. 424; *Iphigénie à Aulis*, v. 1440; Aristophane, *Plutus*, v. 742; *les Nuées*, v. 881; *l'Assemblée des femmes*, v. 399; et, au sujet de cette locution, Hemsterhuys sur Lucien, t. I, p. 475.

P. 34. *Te voilà pris dans tes propres filets.* — Littéralement : *Tu es pris par tes propres plumes et discours.* Locution proverbiale, qui remonte à la fable de l'*Oiseau blessé d'une flèche.* L'origine la plus haute de cet apologue est dans les *mythes lybiens*, que citait Eschyle dans sa pièce des *Myrmidons*, dont le Scholiaste d'Aristophane (*Oiseaux,* v. 808) nous a conservé ce fragment :

Ὡς δ'ἔστι μῦθοι τῶι Λιβιστικὸς λέγει,
πληγέντ'ἀτράκτω τοξικῷ τὸν αἰετὸν
εἰπεῖν, ἰδόντα μηχανὴν πτερώματος·
Τάδ'οὐχ ὑπ'ἄλλων, ἀλλὰ τοῖς αὑτῶν πτεροῖς
ἁλισκόμεσθα.

« D'après un récit des Fables libyennes, un aigle blessé d'une flèche dit, en regardant la machine empennée : C'est donc toujours par nos propres plumes que nous sommes vaincus! » Cf. Porson, sur la *Médée* d'Euripide, v. 139 ; et La Fontaine, *Fables,* II, 6.

Dans le texte d'Aristide, λέγει, joint à πτεροῖς, est probablement une glose.

P. 34. *De ces délais si énergiquement flétris par toi-même.* — Démosthène gourmande souvent les Athéniens sur leur lenteur, principalement dans une apostrophe célèbre de la première Philippique.

A. Mai se trompe en rapportant ὁ δυνατόν ἐστι πάντα au verbe ἁλίσκη. Construisez : πείθων ὑμᾶς ἔρχεσθαι τούτοι, ὡς δὴ χρηστού τινος, ὁ δυνατόν ἐστι —, λέγω τὸ τῷ βουλεύεσθαι χρῆσθαι μετὰ τὰ πράγματα.

P. 34. *L'insigne folie!* — Παραπληξίας ἀντικρυς, *stuporis instar.* Sur cette rare acception de l'adverbe ἀντικρυς, on peut consulter les notes de Grauert, p. 108.

P. 34. *Pourquoi nous venons de lever sur elle le glaive de la parole.* — Κεκινήκαμεν λέγους. Expression analogue, ce semble, à ὅπλα, ξίφος, πόλεμον κινεῖν.

P. 34. *L'Aréopage.* — Ce célèbre tribunal connaissait, mais non exclusivement, des causes d'empoisonnement et de meurtre. Lys. *in Simon.* Démosth. *in Boeot.* 2. — *Pulcre!* s'écrie sérieusement Geel au sujet de cette vérité triviale; mais le même critique veut qu'on supprime la phrase suivante, que Foss blâme aussi : *avellenda lacinia.* Si l'on ne laissait à Aristide que les idées qui ont de la consistance, il y aurait bien d'autres suppressions à faire.

P. 35. *Tout effort devient superflu.* — La phrase précédente est tirée textuellement de la troisième Philippique, et celle-ci de la neuvième. La suivante est peut-être empruntée à un discours perdu de Démosthène. — Un peu plus bas, ὃ δέ se construit mal avec διεχειράμεν. Je n'ose pourtant lire ni *ἡμᾶς δὶ*, que demande le sens, mais qui s'écarte trop du texte; ni *οὐδίν*, qui s'en rapproche davantage, mais semble exclure *πᾶς εἶιν*.

P. 35. *Un objet de rivalité entre les Immortels.* — Neptune disputa à Minerve l'honneur de donner son nom à la ville de Cécrops. Plusieurs pierres gravées représentent ce mythe, cité dans la *Bibliothèque* d'Apollodore, l. III, c. 14; et dans les *Métamorphoses* d'Ovide, l. VI, 70.

D'après le manuscrit d'A. Mai, Grauert et Bremi lisent *περὶ αὐτῆς ταύτην πρὸς ἀλλήλους ἐρίσαι*. Le pronom *ταύτην* ne se rapporte à rien. Faut-il l'effacer, comme le propose Dindorf dans ses variantes? Le texte primitif donnait peut-être *ταύτην ἔριν πρ. ἀλλ. ἐρίσαι*. C'est ainsi qu'on trouve dans Théocrite, V, 23 : *Ὓς ποκ᾽ Ἀθαναίᾳ ἔριν ἤρισεν*. Aimant mieux changer une lettre qu'ajouter un mot, je lis, avec Dindorf et Mai, *περὶ αὐτῆς ταύτης*, *de illa ipsa.*

P. 35. *Plus utile de tenir compte de tous les citoyens, que d'une seule classe.* — Toutes mes éditions : *πάντων ἐμοὶ ἢ λόγοι ὀλίγων.* Par le léger déplacement de *ἢ*, la phrase devient plus régulière.

P. 35. *S'il est vrai que le concours pour le servir relève la fortune d'un État.* — Manuscrit d'A. Mai : *εἶπες ἐκ μὲν ἀτελειῶν ταῖς πόλεσιν σωτηρία.* Sur quoi le professeur de Bonn s'écrie : « Quid audio? ex immunitate civitatibus salus? Ergone Aristides subito factus est Demosthenes? » A. Mai, qui s'était aperçu de cette bévue de copiste, substitue, dans sa seconde édition, *λειτουργιῶν* à *ἀτελειῶν.* C'est aussi la correction de Niebuhr et de Dindorf. Celle que Grauert propose, *συντελειῶν*, me semble préférable, malgré l'opinion contraire de Geel : 1° elle est plus rapprochée du texte; 2° elle forme, avec *ἀτελειῶν* qui précède, une de ces antithèses à consonnance si chères à notre sophiste.

P. 35. *Ou pour servir je ne sais qui.* — Toutes mes éditions : *ἢ οὐκ οἶδ᾽ ὅτῳ καὶ ᾧ.* Ce dernier mot est évidemment fautif. Faut-il lire, *τῷ*, contraction hasardée pour *τινι*, *homini?* mais *τός* est exclusivement poétique; et Geel ne regarde pas cette correction de Grauert comme sérieuse. Ne poussant pas le scrupule jusqu'au respect d'un barbarisme, j'admets *ἢ οὐκ οἶδ᾽ ὅτου καιρῷ*, *aut nescio cujus utilitati*, correction beaucoup plus probable du premier de ces critiques. J'avais d'abord conjecturé que le texte primitif se réduisait peut-être à *ἢ οὐκ οἶδ᾽ ὅτῳ*, *vel nescio cui;* qu'à la marge ou en interligne, un copiste aurait ajouté la glose *ᾧ*, comme abréviation de *Φορμίωνι* (l'orateur Phormion, qui, avant Démosthène, avait parlé pour le maintien des immunités); qu'enfin, sous une autre plume, ces deux lettres, non comprises, se seraient glissées dans le texte.

Pour que le lecteur éclairé puisse fixer son choix, j'ajoute ici la seconde correction du professeur de Bonn : *ἢ οὐκ οἶδ᾽ ὅτῳ καὶ ἄλλῳ*, *vel nescio cui etiam alii.*

P. 35. *Une loi dont on proclame aujourd'hui l'excellence.* — Les mots και νυν αυτω τα πλειστιν φασιν άξια χρησθαι présentent une parenthèse étrange, et brisent gauchement la construction, puisque l'idée qu'ils expriment est ici partie intégrante de la pensée principale. D'ailleurs, l'article τα semble parasite. Ne faudrait-il pas lire, και ω νυν πλειστιν φασιν άξια χρησθαι?

P. 36. *Lesquels jouissent de la gloire la plus éclatante, etc.?* —Les génitifs δόξης et ευςχερους ne peuvent être régis par καθίστηκε. « Excidit αίτιον, dit Geel, fortasse post μειξεσις inserendum. »

P. 36. *Si même tous les habitants recevaient des statues.* — Hypothèse absurde partout ailleurs que dans la ville qui éleva à la fois trois cent soixante statues à Démétrius de Phalère.

P. 36. *Il serait indigne de notre munificence habituelle, de retirer ce que nous avons donné.* — Dès le commencement de son discours contre la loi de Leptine, Démosthène présente cette considération, sur laquelle il revient plusieurs fois. Aristide lui-même, dans son autre Leptinienne, insiste encore plus sur cet argument que l'orateur qu'il imite.

P. 36. *Temporaire, ignorée du grand nombre, l'exemption, etc.* —L'erreur d'A. Mai, qui traduit γιγνώσκεσθαι (Ed. pr. γιγνώσκεται) par *decernitur*, est relevée par Grauert. J'ai suivi l'interprétation de ce dernier : « Immunitas neque perpetua est, neque apud omnes cognoscitur : statuarum honor immortalis est atque unicuique celebratus. » Le privilège de l'immunité était héréditaire; mais il pouvait disparaître, faute de descendants mâles.

P. 36. *Epicerde, Leucylos, ou tout autre.* — Il est fait mention de ces personnages dans le discours de Démosthène. Celui que cet orateur appelle Λευκων est appelé Λευκολος dans le manuscrit d'A. Mai. Cette désinence semble, au premier aspect, déceler une double erreur de copiste : 1° un nom latin grécisé pour un nom grec; 2° Λευκολος pour Λεύκολλος ou Λούκουλλος, *Lucullus*, qu'on trouve dans Diodore, Strabon et Plutarque. Dindorf et A. Mai rétablissent Λεύκων. Mais, en y regardant de plus près, on préférera, avec Grauert, Λευκύλος, correction très-légère. Ce savant fait remarquer que souvent les noms d'hommes prenaient la terminaison de diminutif ύλος dans la bouche d'un ami ou d'un ennemi, tantôt comme caresse, tantôt par dédain; et il en cite de nombreux exemples, p. 112. (Voyez aussi *Pathologiæ sermonis græci Prolegg.* de C.-A. Lobeck; Dissert. II, c. 4, de termin. υλ — p. 121.) En désignant ainsi Leucon, prince de Bosphore, Aristide le traite, non de *rex*, mais de *regulus*. Même malice dans ce mot, rapporté par Cicéron : « M. Cincius, quo die legem de donis et muneribus tulit, cum C. Cento prodisset, et satis contumeliose, *Quid fers, Cinciole?* quæsisset, etc. Le jour où Cincius présentait sa loi qui défend aux avocats de recevoir ni dons ni salaire : *Que proposez-vous là, mon petit Cincius?* lui dit C. Cento, d'un ton dédaigneux. » *De Or.* 11, 71.

P. 37. *Les fils crieront à l'injustice.*—Démosthène, dans sa Leptinienne, avait défendu les intérêts des enfants de Leucou, d'Epicerde, et ceux du fils de Chabrias.

Geel lit δ἗ὰμεν au lieu de δῶμεν, et efface ὥσπερ ἐν ἀτελείᾳ. L'habile critique est, cette fois, trop hardi. Voici sa paraphrase : « Quod si hoc concedimus (nempe Epicerden et Leuconem, si optio data fuisset inter immunitatem et statuas, has sibi poni maluisse), horum liberi, tanquam maximam injuriam passi, clamabunt, quandoquidem non harum, sicut immunitatis, participes esse poterunt. »

P. 37. *S'il est vrai, comme le disent les poètes, etc.* — Cette pensée est empruntée de l'*Hippolyte* d'Euripide, v. 402, éd. de Bothe :

Δειλοὶ γὰρ ἄνδρα, κἂν θρασυσπλαγχνός τις ᾖ,
ὅταν ξυνειδῇ μητρὸς ἢ πατρὸς κακά.

Elle est développée ainsi par Plutarque : « C'est un beau thrésor pour pouvoir aller partout la teste levée et parler franchement, que d'estre né de gens de bien ; et en doivent bien faire grand compte ceux qui souhaittent avoir lignée entièrement légitime, où il n'y ait que redire. Car c'est chose qui ordinairement ravalle et abaisse le cœur aux hommes, quand ils sentent quelque défectuosité ou quelque tare en ceux dont ils ont pris naissance ; et dit fort bien le poète :

Qui sent son père ou sa mère coulpable
D'aucune chose à l'homme reprochable,
Cela de cœur bas et petit le rend,
Combien qu'il l'eust de sa nature grand (1).

Comme, au contraire, ceux qui se sentent nez de père et de mère qui sont gens de bien, et à qui l'on ne peult rien reprocher, en ont le cœur plus élevé, et en conçoivent plus de générosité. » *Comment il faut nourrir les enfants* ; trad. d'Amyot.

P. 37. *Qu'est-ce qu'une récompense, etc. ?* — D'après la remarque de Grauert, A. Mai, dans sa seconde édition, est revenu à la leçon du manuscrit, διαρχὴς (se rapportant à κέρδος) qu'il avait d'abord changée pour διαρχὴς (se rapportant à θαλλὸς). Dindorf et Bremi, διαρχής.

(1) Phèdre dit, au sujet de ses enfants, dans la pièce de Racine, acte III, sc. 3 :

Le sang de Jupiter doit enfler leur courage :
Mais, quelque juste orgueil qu'inspire un sang si beau,
Le crime d'une mère est un pesant fardeau.

La palme olympique était d'un bien plus grand prix que ne le prétend Aristide. Cette espèce d'apothéose qu'il attribue, un peu plus haut, à l'honneur d'une statue, Pindare l'accordait à l'athlète vainqueur. *Isth.* II, 42. Cf. Hor. *Carm.* J, 1, 6; IV, 2, 17.

P. 38. *Une pareille prétention n'est-elle pas une contradiction choquante?* — Πῶς δ'οὐ σφίσιν αὐτοῖς περιπίπτουσιν; *Nonne secum ipsi pugnant?* Dans son discours *sur les Prévarications de l'Ambassade*, Eschine dit : Ἐτόλμησε δ'εἰπεῖν ὡς ἐγὼ τοῖς ἐμαυτοῦ λόγοις περιπίπ7ω.

P. 38. *Tu ne les relâches pas plus que tu ne les resserres.*—Littéralement, *pas moins.* Voici le calque : *Mais si, seulement quand il y a à gagner, les fils recourent à leur titre de naissance, et nullement dans le cas contraire, à leur propre insu, ils ne s'en détachent pas moins (dans ce second cas) qu'ils ne s'y resserrent (dans le premier).* C'est-à-dire : qu'un père soit heureux ou malheureux, récompensé ou puni par la patrie, son fils n'en est ni plus ni moins son fils. L'obscur le dispute ici au trivial.

P. 39. *Excités à se surpasser eux-mêmes dans l'avenir.* — Ὁμοῦ δὲ καὶ πρὸς τὸ μέλλον — παρακαλοῦντες, sc. πέργοισι. A. Mai : « Simulque eosdem et alios in posterum ad paria vel majora officia excitabant. »

P. 39. *Sur l'Agora.*—Principalement sur l'Agora du Céramique, appelée aussi *le Vieux Marché*, ἀρχαία Ἀγορά. Là étaient les statues des héros Eponymes, et de plusieurs citoyens qui avaient bien mérité de la patrie.—*Dans l'Acropole :* citadelle, ou *Ville-Haute.* — *Des plèthres de terrain*, etc. Le plèthre, mesure de cent pieds grecs, égale neuf ares. Voyez ma traduction du discours de Démosthène contre la loi de Leptine, édition de M. Hachette, p. 106.

P. 39. *Erechthée, fils de Minerve.*—Voyez *Iliade*, II, 547. Homère, si ces vers ne sont pas interpolés, appelle les Athéniens *peuple d'Erechthée le magnanime, que jadis nourrit Athéné, fille de Zeus, et qu'enfanta la Terre féconde.* D'autres faisaient naître Erechthée ou Erichthonios de Vulcain et de Minerve. Son origine réelle est probablement égyptienne. On place de 1525 à 1460 av. J.-C. son règne, qui fut signalé par des inventions utiles et les progrès de l'agriculture. L'institution des Panathénées, et le sacrifice de sa fille Chthonia, immolée de sa main pour obtenir la victoire sur les habitants d'Eleusis, lui auraient encore mérité la reconnaissance des Athéniens, qui en firent un Dieu. — Sur les récompenses accordées à Harmodius et à Aristogiton, voyez ma traduction du discours de Démosthène, p. 116.

La leçon Ἐρεχθεὺς ὁ τῆς Ἀθηνᾶς, conforme à la tradition, paraît suspecte à Niebuhr : il y voit une lacune. Comment la comble-t-il ? « Omissione versus

integri, qui propter ἱμαιτίλιτοι excidit, mutilatum locum sic restituas :
Ἐεεχθεὺς ὁ τῆς [θυγατρὸς μὴ φεισάμενος, τιμὰς ἔχει παρὰ τῶ νέω τῆς] Ἀθηνᾶς. » Quelle intrépide confiance dans la divination philologique!

P. 39. *Au titre d'Olympien.* — Des écrivains attribuaient ce surnom à la magnificence des édifices dont Périclès avait embelli Athènes, ou à l'étendue de son pouvoir. Le poète comique Téléclide semblait l'expliquer par le volume vraiment extraordinaire de cette tête, *d'où s'échappait le tonnerre.* Mais le plus grand nombre y reconnaissait l'expression la plus haute de la noblesse de son éloquence. Voyez Plutarque.

P. 40. *Et puissent-ils n'y jamais être poussés!* —La leçon du manuscrit d'A. Mai, πραχθεῖεν est incorrecte. Le savant Cardinal et les autres éditeurs la changent en πραχθεῖεν, *propulsi sint.* Mais l'assertion de Grauert, *genuina scriptura fuit* πραχθεῖμεν, est très-hasardée. Grauert s'étonne qu'Aristide forme, en passant, un vœu pour les Grecs en général, et qu'il adresse ce vœu à Minerve, protectrice des Athéniens. Pourquoi pas? Le sophiste s'exprime ici selon les idées de son temps, où il n'y avait plus, dans les Etats grecs, de patriotisme exclusif. D'ailleurs, cette addition d'une lettre exigerait un mot de plus, ἡμεῖς, par opposition avec εὐθένει.

P. 40. *Et de guérir le mal par le mal.* — Κακῷ τὸ κακὸν ἰᾶσθαι. Proverbe qu'on retrouve, avec de légères différences, dans Hérodote, III, 53 ; Thucydide, V, 65 ; Polybe, V, 11, 1. Sophocle, *Ajax*, 362 : κακὸν κακῷ διδοὺς ἄκος. Dioclès, poète comique, cité par Pothius, s. v. Κακά : Παίει τε τὰ κακὰ τὸν κακῶν ὑμᾶς.

P. 40. *Ne vaut-il pas mieux nous détourner du mal par l'exemple du bien, etc. ?* — Cet argument, et plusieurs de ceux qui précèdent, sont des répétitions, avec variantes, de quelques passages du discours de Démosthène.

P. 41. *Fléaux de la vie sociale.* — Κῆρες, *labes*, mot poétique, employé plusieurs fois par Aristide. Πάσας τὰς τοιαύτας κῆρας, dit l'auteur de l'*Oratio amatoria* attribuée à Démosthène.

P. 41. *Dans le pays des fictions.* — Τῶν ποιητῶν ὄρος καὶ κῦμα. Helionem et Hippocreuen. A. Mai.

P. 41. *Des charges publiques, c'est-à-dire, de l'Etat, etc.*—"Οταν δὲ ταύτας λέγω, τὴν πόλιν λέγω. Le style d'Aristide est une mosaïque, composée de fragments, quelquefois de parcelles oratoires. On lit dans la harangue de Démosthène sur la Couronne, al. 27 : τὸ δ᾽ ὑμεῖς ὅταν εἴπω, τὴν πόλιν λέγω. Aristide dit encore, dans le discours opposé à celui-ci : ὅταν δὲ τούτου λέγω, πάντας λέγω.

P. 41. *Pourquoi te livrer à des calculs superflus?* — On peut voir ces calculs dans le Discours de Démosthène, p. 13 de ma traduction. — *Pourquoi établir de faux rapprochements?* Démosthène compare l'immunité à la franchise du droit imposé par Leucon sur les blés exportés de ses États; aux honneurs accordés dans Sparte aux citoyens d'une éminente vertu; à des récompenses d'une autre nature, décernées par les anciens Athéniens.

P. 41. *Ceux qui nuisent à la patrie.* — C'est-à-dire, les citoyens et les étrangers exemptés des charges.

P. 41. *Le voleur avec effraction.* — Littéralement, *les perce-murs*, τειχωρύχοι La plupart des maisons d'Athènes étaient, comme le remarque Courier, bâties en pisé, ou avec des briques non cuites. Dans la *Défense des beaux-esprits*, Carel de Sainte-Garde dit au sujet du poète Villon : « Lequel *perçoit les maisons*, et montoit aux fenestres avec des eschelles de cordes. »

P. 41. *Ne sont-ils pas plus sévèrement punis, etc.?* — « Inepta est lectio editionis pr. δίκην τίσαντες. Nam quid, quæso, est δίκην τίσαι, poenam tendere? Verum haud dubie quod emendavi, δίκην τίσοντες. » GRAUERT. Tησης, Dindorf, Bremi, A. Mai, 1831.

P. 41. *La loi, dis-tu, ordonne formellement, etc.* — « Distinguendum est post διαρρήδην : hoc enim cum κελεύουσι jungendum est, ex solenni loquendi usu. » GRAUERT. Sic et alii editores.

P. 42. *A tout événement.* — Ἐν παντὶ τῷ παρατυχόντι : *ad omnem eventum*. Chez les Italiens, *in ogni dato*.

P. 42. *Après avoir mérité le châtiment, etc.* — Après ὑποσχεῖν, Dindorf, d'après Niebuhr, ajoute δίκην.

P. 42. *Mais retiens bien ceci, et réfléchis* — Les deux éditions de Rome et celle de Dindorf ont σκοπεῖ, et A. Mai traduit : « Esto tibi ratum hoc votum. » Grauert et Bremi lisent σκοποῦ, et voici le sens, mieux lié avec ce qui suit immédiatement : *Habe ergo tibi hoc atque vide* (σκοπεῖσθαι). C'est un appel à l'attention de Démosthène, à qui Aristide reprochera bientôt de ne pas apercevoir les objections de ses adversaires.

P. 42. *Le législateur a statué qu'un don ne pourra être retiré.* — Ce principe est de toutes les législations. Aristote définit la donation, δόσις ἀναφαίρετος, *de Locis*, 4. « Dat aliquis ea mente, ut statim velit accipientis fieri, nec ullo casu ad se reverti. » *Dig.* l. XXXIX, t. V, 1. Cf. *Code civil*, 894.

P. 42. *Nous accuser de ne les pas connaître.* — Démosthène adresse réellement ce reproche à Leptine. Toutes mes éditions : μηδὲ εἶναι (ou ἵνεκα) ὑμῶν ἐπίσ]αμένους. Avec Grauert, je doute fort qu'on puisse dire ἑνεκά τινος ἐπίστασθαί τι. Je n'aurais cependant pas admis sa correction, ὑπές, s'il ne désignait à l'appui cinq passages du discours d'Aristide contre la loi de Leptine. Dans le premier, un manuscrit donne ἕνεχ', un autre ὑπές. Dans les quatre autres, ἔχων et ἔχων, leçons évidemment altérées du manuscrit de Venise, changées en ἕνεχ' et ἕνεχ' par Morelli, deviennent uniformément ὑπές dans le manuscrit du Vatican.

P. 42. *Si tu affirmes que, sous le mot de don, les immunités sont comprises comme dons populaires, etc.* — Cette assimilation est faite plusieurs fois par Démosthène. Le manuscrit d'A. Mai, ses deux éditions, celles de Grauert et de Bremi, donnent δῶρον γὰρ δήμου καὶ τοῦτο. Sens excellent. Pourquoi donc Niebuhr, Geel et Dindorf changent-ils δήμου en δή που?

P. 42. *Ce terme suppose l'avantage des deux parties.* — En bonne jurisprudence, cette distinction est fausse.

P. 42. *Et ne chicane plus, etc.* — Φιλονικεῖς, et, un peu plus bas, φιλονικεῖν sont évidemment pour φιλονεικεῖς, φιλονεικεῖν, que donne Dindorf, et que Geel approuve. Les exemples analogues sont nombreux. Voyez les notes de Grauert, p. 119 et 120. A. Mai, 1831 : φιλονικεῖς, et ensuite, φιλονικεῖν, mais par erreur typographique, puisque ce second verbe est traduit par *digladiandi*. — Geel propose, sans nécessité, de changer πάντα ποιεῖ en πάντα προΐεται, *omnia civitatis bona projicit*.

P. 42. *Ne vois-tu pas que cette arme te blesse toi-même?* — Littéralement : *Viden' ut gladium per tuum latus in alios trajicias?* Locution proverbiale, employée aussi par Aristide dans le discours opposé à celui-ci.

P. 42. *De ta gymnastique oratoire.* — Allusion aux longs et pénibles exercices par lesquels Démosthène s'était formé à l'éloquence. Remarquez le rapport de γυμνασίου avec ξίφει ὀξεῖ, παίειν et ὑφίστασαι τὰς πληγάς.

P. 42. *Vous avez vu sa méchanceté déborder de toutes parts.* — Ἐκ περιουσίας, *ex proterva abundantia*. Cette expression, employée par Démosthène (*de Cor.; in Steph.* I), se lit encore deux fois, plus bas. Elle est synonyme de ἐξ εὐπορίας, ἐκ περιττοῦ, que l'on trouve dans Platon et dans Thucydide. Sur ses divers sens, on peut consulter l'*Apparatus ad Demosthenem* de Schaefer, t. II, p. 19. Selon son acception spéciale, ses équivalents sont *de gaîté de cœur, par surcroît, avec excès, par passe-temps.*

P. 43. *Avant de porter sa loi, Leptine devait obtenir l'abrogation, etc.* — Citation littérale d'un passage du discours de Démosthène.

P. 43. *Mais nous n'avions, sur cette matière, aucune loi impérative.* —

Du discours de Démosthène il résulte, non qu'une ancienne loi consacrait en principe les immunités, mais que plusieurs décrets en avaient successivement accordé. Le seul article de loi où il en soit question est prohibitif, et se rapporte à la dispense des charges navales.

P. 43. *Une loi dont tous proclament la haute sagesse et l'impartialité.* — Le manuscrit de A. Mai : νόμον κάλλιστον. Le sens et la construction exigent entre ces deux mots ὃν, omis sans doute par une erreur que causait la consonnance finale de νόμον. Dindorf dégage ὃν des crochets où le renferment les autres éditeurs. — Un peu plus bas, les mots ἐν νόμῳ doivent s'entendre seulement d'une loi contraire à celle de Leptine, et *antérieure* à cette dernière. Aristide en a déjà nié l'existence. Du reste, Démosthène oppose à la loi de son adversaire une motion qu'il a rédigée avec Aphepsion.

P. 43. *Voilà cependant les oracles sur lesquels tu t'appuies!* — Littéralement : *Quamquam his tu haud minus quam oraculis niteris.* Il n'y a pas ici, comme on pourrait le croire, une hyperbole banale. Démosthène, suivant l'usage de son temps, cite quelquefois des oracles, bien qu'il se moque de la Pythie. (*Disc. contre Midias*, al. 15 ; *sur l'Ambassade*, al. 83 ; etc.)

P. 44. *Par celle-là nous sommes détournés du vice, etc.* — Littéralement : « Legis latio est communis quædam ad virtutem cohortatio, atque a vitiis abductio ; nempe ut hæc fugiamus, illam amplectamur. » Geel attribue au scholiaste les mots ὡς τὰ μὴ φεύγειν, τὰ δ'αἱρεῖσθαι, parce que l'auteur n'avait pas besoin d'expliquer ainsi sa pensée. Mais pourquoi exiger d'Aristide la précision de Démosthène ? Cette phrase contient un axiome de sophiste. « Les lois, dit Rousseau avec bien plus de raison, ont pour objet la paix, et non la vertu. » *Emile*, l. I.

P. 44. *Que ne les accuses-tu d'animosité ?* — Un triple *tirage au sort* nommait un citoyen juge, désignait le tribunal où il devait siéger, et la place qu'il y devait occuper. De là, l'expression δίκην λαγχάνειν τινί.

P. 44. *Aux sages.* — Τοῖς εὖ ἄκουσι τρόπων, *viris bene moratis.* Cf. Wesseling, ad Herod. I, 149.

P. 44. *Tout ce qu'ils ont soulevé de colère, etc.* — Ici encore, la version d'A. Mai induirait en erreur. Les mots ὅπως ἀηδῶς ἔχουσι τούτοις sont rendus par *quam huic legi infensi sint.* Il n'est pas question ici de la loi de Leptine, mais de l'œuvre du législateur en général.

P. 45. *Toi qui as cité comme existants des gens qui n'ont jamais vécu.* — On ne voit pas trace de ce mensonge dans le discours de Démosthène auquel

celui-ci est opposé. Eschine dit, il est vrai, dans son plaidoyer contre Cté-
siphon : « Des personnes que Démosthène n'a jamais vues, il les cite par leurs
noms. » Aristide s'inspire-t-il ici de cette réminiscence?

P. 45. *Imprimer la honte au front de Leptine.* — Δέξαν οὐ καλὴν, μῖσος,
μνῆμα, βλασφημίαν προστρίβεσθαι ou προσάπτειν, *haud bonam famam alicui
aspergere; odio, simultate, calumniis aliquem inurere.* — Le sophiste
amoureux de paroles semble ne pas s'apercevoir qu'il y a exactement le
même sens dans ces deux incises antithétiques, διὰ μὲν τοῦ μεμνῆσθαι μῖσος,
διὰ δ' αὖ τοῦ μὴ πρὸς ὄνομα ἀάσχειν.

P. 45. *Diotima de Milète, etc.* — Diotima, de Mantinée (1), était
contemporaine de Socrate. Il paraît qu'après avoir desservi un temple dans
son pays (2), elle vint se fixer dans le bourg de Milète, en Attique (3),
berceau du célèbre Tyrtée. Femme sophiste, et peut-être poète érotique,
son savoir était très-étendu, sa parole gracieuse, facile ; et les philosophes,
les savants aimaient à la consulter (4). Dans le *Banquet* de Platon, Socrate
rapporte comment, après deux longs entretiens, elle changea ses idées sur
la nature de l'Amour; et tout ce qu'il sait sur cette matière délicate, il
déclare l'avoir emprunté à cette étrangère, qui le tenait, dit-il, en admiration devant sa sagesse. Les Athéniens étaient menacés d'une peste : re-
nouvelant les prodiges d'Epiménide, la prêtresse arcadienne prescrivit des
sacrifices qui suspendirent le fléau pendant dix ans (5). Les Anciens aimaient
à unir le nom de Diotima à celui de la célèbre Aspasie (6).

Manuscrit, édition *princeps*, texte de Grauert, Bremi : ἐκ Μιλήτου.
Grauert (notes), Dindorf, A. Mai, 1831 : ἐκ Μιλήτου.

P. 45. *De faire sur elle le facile essai de la magie de tes paroles.* —
Allusion aux conjurations magiques faites, disait-on, par Diotima. Γόης,
sorcier, bateleur, est une des injures que les orateurs échangeaient entre eux.

P. 45. *Dans les carrières de Sicile.* — Le mot κρτλήψι est quelquefois

---

(1) Elle est appelée Μαντινικὴ ξένη par Himerius (I, 18), Thémiste (XIII), et
par Clément d'Alexandrie, qui place Diotima dans la liste qu'il nous a laissée des
femmes grecques devenues célèbres par l'étude de la philosophie. (Strom. VI.)

(2) Scholiaste cité par Grauert, p. 124.

(3) *Ibid.,* p. 125. Foss élève des doutes graves sur cette circonstance. Voy. sa
Dissertation, p. 30 et 31. Μείλιτοι ou Μιλήτοι, bourg de l'Attique, désigné par
Pline, *H. N.* IV, 11, et dont l'existence est attestée d'ailleurs par des inscriptions
que Spon rapporte, t. II, p. 444. On ignore à quelle tribu il appartenait.

(4) Lucian. *Imag.* 18 ; p. 411, ed. Didot.

(5) Platon. *Conv.* t. IV, p. 426, ed. Bekkeri. Clem. Alex. l. l. Aristides ipse,
Or. pro Quatuorvir. t. II, p. 170, ed. G. Dind.

(6) Lucian. *Eunuch.* 7 ; p. 371. Maxim. Tyr. *Or.* XXIV, p. 96 ; ed. Didot.

synonyme de κοιλώματα, surtout chez les poètes (1). Il désigne ici les Latomies ou Carrières de Syracuse, immenses *cavités*, profondes de plus de 40 mètres, situées près de la Syracuse moderne, et à l'extrémité des principaux quartiers de la ville antique. C'est là que languirent les Athéniens faits prisonniers dans la désastreuse guerre de Sicile. Εἰς λατομίας était devenu à Athènes une sorte de malédiction proverbiale, comme εἰς κόρακας, εἰς βάραθρον. Voyez, sur les Latomies, Cluvier, *Sicilia antiqua*, l. III, p. 149; et Elien, *Variétés histor.*, l. XII, chap. 44.

P. 45. *O Dieux! ó lois d'Athènes!* — Dinarque, *disc. contre Démosthène*: ὦ δέσποτ' Ἀθηνᾶ καὶ Ζεῦ σῶτερ! Démosthène, en plusieurs endroits: ὦ γῆ καὶ θεοί! Aristid. *Rhod. Or.*: ὦ δαίμονες!

P. 45. *C'est une exilée.* — Image aussi juste que gracieuse. L'immunité avait été supprimée par l'adoption de la loi de Leptine.

P. 45. *Pour la livrer perfidement à Ctésippe.* — Προπίνειν, ici, *livrer, trahir.* A. Mai traduit: *ut ejus commoda Ctesippo propines.* C'est dans ce sens que Térence dit dans l'*Eunuque: Hunc vobis comedendum propino; je vous le donne à manger.* Démosthène emploie souvent cette expression métaphorique: Προπέπιται τῆς παραυτίκα ἡδονῆς τὰ τῆς πόλεως πράγματα, « Les intérêts de la République ont été sacrifiés au plaisir du moment. » Προπίνειν τὴν πατρίδα τοῖς ἐχθροῖς, « Trinquer la patrie avec les ennemis, les inviter à l'envahissement de la patrie. » Τὴν ἐλευθερίαν προπεπωκότες Φιλίππῳ, « Ayant vendu notre liberté à Philippe. » — Προπίνω signifie donc: 1º *je bois avant un autre, præbibo;* 2º *je bois à la santé d'un ami, auquel je présente ensuite la coupe.* Mais, comme, chez les Grecs, dans les fiançailles, le beaupère, non-seulement offrait à son gendre la coupe pleine, mais lui en faisait présent, προπίνειν a signifié, 3º *dans un banquet, faire un présent à quelqu'un;* 4º *trahir à table, trahir en donnant la coupe;* 5º enfin, sans idée de festin ni de coupe, *trahir pour plaire à un autre.* (Note de Humbert, dans le *Démosthène* de K. Toepffer, p. 207. Genève, 1824.)

P. 46. *Et sa loi devrait être poursuivie, comme expulsant violemment les lois d'Athènes.* — Ἐξούλης δίκη, procès pour fait d'expulsion, lorsque le débiteur, dépossédé par un jugement, avait expulsé de sa maison le créancier, nouveau propriétaire. C'est ce que les Romains appelaient *interdictum unde vi manuque.* Cette locution est prise ici métaphoriquement, avec ellipse de δίκην. Cf. Morell. in sua Aristidea, p. 126, nº 1; et *Thesaur. Græcæ ling.* t. III, c. 1338, ed. Hase.

(1) Cf. H. Steph. *Thesaur.* gr. ling. s. v. Κράτης, vol. IV, c. 1927, D. ed. Hase.

P. 46. *Logement, places d'honneur.* — Je n'ai pas vu ailleurs la συνοικία, *logement en commun*, désignée comme une récompense publique à Athènes. Ce mot exprime-t-il que la République logeait gratuitement et ensemble, au Prytanée ou ailleurs, les particuliers pauvres qui l'avaient bien servie? Faut-il lire μετοικίας, titre d'*étranger domicilié*, accordé, par exemple, aux Corinthiens bannis dont parle Démosthène dans sa Leptinienne? — Ici ἀρχάς semble synonyme de προεδρίαν. A. Mai : « Et contubernia, et primatus. »

Grauert propose la correction τὰ τοιαῦτ' αὐτοῖς ἐξεστ᾽ νέμειν, au lieu de οἷς ἔξεστιν. Elle briserait la construction de la phrase, puisque νέμειν est régi par κυρίους: κυρίους (τοῦ) νέμειν. Toutes mes éditions, οἷς. — Ποῦ est pour πῶς, à la manière des orateurs attiques.

P. 46. *Cette opposition même l'anéantit.* — Littéralement : « Par cela même que la loi de Leptine est (comme le prétend Démosthène) opposée aux lois existantes, il en est de cette loi comme si elle n'existait nullement. » — Un peu plus bas, Grauert demande qu'on lise μηδὲ νῦν, *neque etiam nunc*, au lieu de μὴ νῦν, *nondum*.

P. 46. *La vérité ne permet pas un autre langage.* — A. Mai : « Si certe sua veritati servanda appellatio est. » Nous avons déjà rencontré plus haut le pluriel ταῖς ἀληθείαις, dont l'emploi est rare.

P. 46. *Peut-être tu diras, etc.* — Voilà encore une prolepse en forme, à la manière de Démosthène et d'Eschine. Le Sophiste est entraîné par la manie d'imitation jusqu'à oublier son rôle de défenseur. Après avoir parlé le premier, l'accusateur ne répliquait pas.

P. 46. *Toutes ces mains levées pour la sanctionner de votre commun suffrage.* — A Mai : « Age vero, legem præclaram esse et justissimam et tutissimam et ad publica commoda natam, non solum, ò Athenienses! ex his quæ dixi compertum est, sed etiam e significationibus a vobis editis, qui eam divino quodam impetu totisque animis excepistis, ita ut eam solemni etiam manuum sublatione concordique suffragio sciveritis. »

P. 47. *Un impérieux besoin l'a poussé, celui de ne plus voir, etc.* — Aristide aurait pu écrire : ὑπ᾽ἀνάγκης καὶ τοῦ μηκέθ'ὁρᾶν, *par nécessité, et pour ne plus voir.* Mais, dès qu'il ajoutait εἶς τι, le verbe ὁρᾶν n'était plus régi par ὑπό: et, comme un nouveau régime de cette proposition était nécessaire, ce ne pouvait être que εἶναι, qui complète εἶς τι. C'est ce qu'avait bien vu Grauert; et Dindorf a adopté cette évidente amélioration.

P. 47. *N'enlevant aucune récompense.* — A la leçon de tous les éditeurs, οὐδὲ γὰς οὐδὲ γερὸν ἀπιστήσουν, je propose de substituer οὐδεὶνα γὰς οὐδὲ γ. ἀπ.

P. 47. *Des nombreux citoyens de toutes les classes, etc.* — Les mots πολλοὺς καὶ παντοδαποὺς τοὺς ἱππιπ]ικότας, (*multos ex omni classe deturbatos*) ne s'appliquent pas aux seuls citoyens athéniens ; car Démosthène avait dit : « Il y a chez nous charges de métèques (étrangers domiciliés) et charges de citoyens : pour toutes également on peut obtenir la dispense que Leptine supprime. »

Tout ce que dit Aristide de Lycurgue et de Solon est très-contestable. Le succès de leurs institutions suffirait pour en prouver l'opportunité. Quant à l'opposition qu'ils rencontrèrent, le premier surtout, voyez les Vies de ces législateurs, par Plutarque.

Grauert, Bremi : διὰ τὰν ἡμῶν, Niebuhr, Geel, Dindorf, A. Mai, 1831 : διὰ τὶν ἡμῖν.

P. 47. *Ceux-là, libres de contradicteurs, etc.* — Οὒτ' ἐκείνοις ἰχθῖν, — πρίνοιαι πεποιῆσθαι οὐκοι οὐδὲ πεποίηται· οὔτε τούτῳ, — στοιγῆσθαι τὸ μέλλον εἰκοι οὐδὲ στοίγηται Pour compléter la symétrie de cette double phrase, où la place de chaque mot est calculée, Grauert veut qu'on lise εἴτε τούτοι Ne corrigeons rien. 'Εκίνοις est le sujet d'un verbe moyen, πεποινῆσθαι· τοῦτο est le régime d'un verbe passif, στοιγῆσθαι. Je lis dans toutes mes éditions, οὔτε τούτῳ.

P. 47. *Semblable à l'habile médecin, etc.* — C'est aussi au médecin, mais au médecin négligent et imprévoyant, que Démosthène, dans sa harangue sur la Couronne, § 71, compare Eschine.

Plus bas, on lit : τό τε νῦν εἶναι τὸ τ' ἰσαΰθις ἱναι καθ' ἑπαξ ἀπας [....]. Niebuhr efface le second εἶναι.

P. 47. *Ou plutôt c'est une fatalité à suvir.* — Ed. princ., A. Mai, 1831, Dindorf : εἰκὸς γάρ, εἰνίς, μαλλον δὲ πᾶσα ἀναγκη. Bremi supprime le second εἰκὸς, et Grauert conjecture que c'est une altération de ἰσθὶ. Les orateurs étaient pourtant de nombreuses répétitions de ce genre : εἰμαι γάρ, εἰμαι; δέμαι γάρ, δέμαι. Démosthène (*pro cor.* § 71) : Ποιήσει, ὦ ἄνδρες 'Αθναῖοι, ποιήσει. Eschine (*in Ctes.* § 28) : Καλεῖ, ὦ 'Αθναῖοι, καλῶν. Aristide lui-même (*adv. Lept.* § 78) : 'Εχθρῶν τοὺς ἡμᾶς, ὦ ἄ. 'Αθ. ἰχθῖν.

Un peu plus bas, Grauert et Bremi lisent ἰστιςῶν. Niebuhr, Dindorf, A. Mai, 1831, ἰστιςῶν.

P. 47. *Qu'importe que tel ou tel misérable l'attaque de ses folles déclamations?* — 'Ο γάρ — ληφῆ; *Quam cum per vos, ó Athenienses! perque vestra suffragia optimam habere liceat, quid jam malus hic aut ille civis adversus eam delirabit?*

Voici comment Geel propose de lire et d'interpréter ce passage, en appliquant l'épithète φαῦλος à Leptine : ἀλλ' εἰ περὶ τῷ ἡήματι, μὰ τοὺς θεοὺς, ὡς ἀν τις ἦ, δείνῶς, κ. τ. λ.; *et profecto non existimationi suœ (famœ apud posteros*) *timens* (*ut dicat aliquis*) : *nam qui a vobis, Athenienses, et a vestro suffragio, hac maxime ratione assensum impetravit, quod optimus erat, cur malus continuo erit propterea, quod nescio quis nugatur?*

P. 48. *Et les traits d'un autre adversaire eussent passé inaperçus.* — Vulg. καί τις ἀφῆκι. — A. Mai : « Aliquis vero ex occulto telum misisset. » Ce τις n'est autre que Phormion. Tout ceci est d'une exquise délicatesse.

P. 48. *Quelle reconnaissance ne te doit donc pas Leptine!* — Grauert, Bremi, A. Mai : ἀνήρ. Dindorf : ἀνήρ, pour ὁ ἀνήρ. Cf. Heindorf, *ad Phædon.*, p. 182. Les Attiques disaient quelquefois sans article, βασιλεύς, θεός.

Un peu plus haut, toutes mes éditions donnent οἷς ὅτι. Le premier de ces mots, comme ἀνθ'ὧν, δι'ὧν, employés souvent par Aristide, signifie *eo quod, parce que* (1) : Quid ergo ὅτι? dit Grauert. Adscriptum, puto, ad marginem, a lectore qui contortam loquendi formulam explicare studebat ; ejiciendumque igitur forti animo. » Pourquoi donc la forme conjonctive οἷς a-t-elle déjà paru tant de fois sans être accompagnée de cette prétendue glose, ὅτι? Je crois plutôt, avec Geel, qu'il faut lire οἷς ὅτι πλέον.

On me pardonnera, je l'espère, d'avoir déplacé dans ma traduction le membre de phrase qui précède οἷς immédiatement.

(1) Vide Ed. Fossii *Comment.* p. 10, sqq.

www.ingramcontent.com/pod-product-compliance
Lightning Source LLC
Chambersburg PA
CBHW060431260626

47161CB00005B/1875